王蒙幽默小品

笑而不答

王蒙 著
徐鹏飞 绘

图书在版编目(CIP)数据

笑而不答/王蒙著;徐鹏飞绘.—北京:商务印书馆,2018(2018.6重印)
(王蒙幽默小品)
ISBN 978-7-100-14943-3

Ⅰ.①笑… Ⅱ.①王…②徐… Ⅲ.①小品文—作品集—中国—当代 ②漫画—作品集—中国—现代 Ⅳ.①I267.3 ②J228.2

中国版本图书馆CIP数据核字(2017)第159975号

权利保留,侵权必究。

笑而不答

王 蒙 著

徐鹏飞 绘

商务印书馆出版
(北京王府井大街36号 邮政编码100710)
商务印书馆发行
北京新华印刷有限公司印刷
ISBN 978-7-100-14943-3

| 2018年3月第1版 | 开本 880×1230 1/32 |
| 2018年6月北京第2次印刷 | 印张 10⅛ |

定价:46.00元

小序

应该是二十世纪九十年代初期吧,我在香港读了一些类似《百喻经》中的佛学故事,觉得有趣,觉得耐咀嚼,觉得生活随时在启发人、询问人,也安宁人。我还觉得,每天这样的小经历小见闻小想法小快乐或者小悲哀多了去啦,弄不好一天写一两段,弄好了一天七八段也没有问题。于是我飞快地"笑而不答"起来,最初在沈昌文先生编辑的《万象》上发,配上图,像回事儿。记得我写猴子捞月亮,惹得沈先生感慨万千,觉得许多人的一生经验正是水中捞月。我还写过一个人去超市,见到了一个顾客,长得特别像他的一个死去的同学……这样一个记叙,引起了不止一个友人的兴趣,他们问了我一大堆问题,我只能只想笑而不答而已。

好像我还写过几个老同学相会,大家纷纷述说自己几十年的挫折坎坷不走运与诸种倒霉遭遇,搞得自己从年轻的风流潇洒变成后来的老态龙钟千疮百孔。最后一位与会同学说,他没有碰到任何挫折坎坷不走运,他碰到的领导同事配偶子女俱是完美无缺的……但也同样地老态龙钟千疮百孔了。

写着写着就不能那样拈花而笑地禅虚与绝妙了。在天津《今晚报》上,在《文汇报》上,在《新民晚报》上,我都写了一批这样的微型小说、王氏段子、系列小品。也有出版界的朋友认定那是长篇小说，因为所有小故事的主人公都叫老王，老王的呆气与精明、豁达与大度，给人留下了统一的印象，而且我个人觉得书里那位老王比我本人这个老王更可爱。

　　写多了烟火气就重了，干脆变成了《尴尬风流》。老王八十有三，所经所历，尴尬多矣，尴尬中不无风流潇洒，举重若轻，逢凶化吉，遇难呈祥。尤其是写作人，不论是幸与不幸，你的经验从来没有被糟蹋。一笑兮不答，再笑兮不无尴尬，尴尬兮手足无措，说笑它多多奇葩！

目录

长啸 / 001

肥皂剧 / 002

颈椎病 / 005

寿命 / 007

DVD / 008

回头 / 009

快乐不快乐 / 010

较劲 / 011

醉机 / 013

旅行 / 014

第一与最好 / 015

心理测验 / 016

心理测验（续篇）/ 017

插座 / 018

假牙 / 020

英俊与潇洒 / 022

丢失与遗忘 / 025

剪切 / 027

遗忘 / 028

答案 / 030

惊叹号 / 032

自愈 / 034

着陆 / 035

符号 / 036

药片 / 038

死亡 / 039

灵验 / 040

新房 / 042

应验 / 043

故事 / 045

故事（又一）/ 046

人形 / 047

极致 / 048

模仿 / 049

四季 / 051

猜测 / 052

猜测（续一）/ 053

猜测（续二）/ 054

猜测（续三）/ 055

意志 / 057

雨季 / 058

南瓜 / 060

喉炎 / 061

失物 / 062

秋与夏 / 063

误记 / 064

智慧 / 065

宇宙 / 067

名衔 / 069

颠倒 / 070

等待 / 072

镜头 / 073

心算 / 074

结尾 / 075

怪病 / 076

是他 / 077

患病 / 078

潇洒 / 079

潇洒（又一）/ 081

记忆 / 082

纪录 / 084

打岔 / 085

混乱 / 086

退休 / 087

电器 / 089

缺氧 / 091

神秘 / 092

空白 / 093

星星 / 095

电视剧 / 097

火星 / 099

中彩 / 100

望星 / 101

美男 / 102

丢星 / 103

办法 / 104

阵雨 / 106

面生与面熟 / 108

鸣钟 / 110

鸣钟（续篇）/ 111

盼雨 / 112

服装 / 114

粽子 / 115

粽子（续篇）/ 117

哲学 / 119

哲学（又一）/ 121

天问 / 122

生活 / 126

照片 / 127

收藏 / 128

记性 / 130

丢钱 / 131

天气预报 / 132

谁在唤我 / 133

凉风 / 134

发型 / 135

不快 / 137

瓜子 / 138

老王 / 139

老王（又一）/ 141

对谈 / 143

蝴蝶兰与驴打滚 / 145

快餐 / 147

随便 / 148

作曲家之死 / 150

调包 / 151

错在自己 / 154

刘晓庆 / 155

大河美酒 / 156

评说 / 158

购房 / 159

安眠药片 / 160

新款手机 / 162

能不能再接再厉 / 164

ZJL / 165

Ladies & Gentlemen / 167

阿宝唱洋歌 / 168

叹气 / 170

看电视机 / 171

母校的重要会议 / 173

主意 / 175

假冒伪劣 / 178

暖冬 / 180

故乡 / 181

故乡（续一）/ 183

故乡（续二）/ 184

惭愧 / 185

施舍 / 187

接受 / 189

接受（又一）/ 190

痛苦 / 191

瓜与豆 / 192

谢客 / 193

健身 / 195

写诗 / 196

读书 / 197

读书（又一）/ 198

读书（又二）/ 199

丢车 / 201

看病 / 202

看病（又一）/ 203

看病（又二）/ 204

一笑 / 205

天天过年 / 207

暖风 / 208

口角炎 / 209

冷风 / 210

开业 / 211

开业（续篇）/ 213

大海 / 214

多余 / 215

置业 / 216

如果 / 218

如果（又一）/ 219

电话号码 / 221

坚守 / 224

古稀 / 225

订报 / 226

检查 / 227

哒哒 / 228

线索 / 229

线索（又一）/ 232

用药 / 235

明星 / 236

明星（又一）/ 237

美容 / 238

配眼镜 / 239

乒乓球 / 241

旧书 / 242

唐诗三百首 / 245

自行车 / 246

眼药水 / 247

食指 / 248

体检 / 249

喀秋莎 / 250

踏实 / 253

空调 / 254

食品 / 256

套话 / 257

空楼 / 258

一路平安 / 261

见人就…… / 262

错号 / 263

沐浴 / 264

时尚 / 265

光头 / 267

新鲜 / 269

节食 / 270

回忆录 / 272

宿命 / 273

解说 / 274

乒乓 / 275

问候 / 277

电梯 / 278

体重计 / 280

眼疾 / 281

眼疾（续篇）/ 283

散步 / 284

过街天桥 / 285

可疑 / 286

静观 / 288

肚脐 / 289

蝴蝶兰 / 291

蝴蝶兰（续篇）/ 293

杜小米 / 295

鱼翅 / 298

游泳 / 300

老友？/ 301

担担面 / 303

思维法则 / 305

手机定则 / 308

旧体诗 / 310

提问 / 312

长啸

在湖边睡着香甜的觉,凌晨时分,老王忽然听到一声长啸,如歌唱如号哭,如呼唤如行吟,如汽笛如猛虎,如飓风如海涛,老王为之悚然、凄然、奋然、肃然。太棒了!

他想起了中国传统的啸傲林泉的说法。想不到一位啸傲者还真的"啸嗷"上了。现在的人们只知道"笑傲",却不知道"啸傲"了。在金庸的小说之前,本来没有"笑傲"一词的。现在的人们,学本国语言,早就不是靠读范文与经典,而是靠网络、视听传媒、短信与通俗小说了。还有一个词儿也是后来不经意发明的,叫作"都有一颗'红亮'的心",过去只知"洪亮",谁知道有个"红亮"呢?

然而是谁这样早去狂啸呢?太有性格了。

老王与A同学切磋,是谁会在凌晨去湖边"啸嗷"呢?A同学坚持说,这里极其安静,除了高档住宅区的业主们外,没有他人,不会有人天不亮就去吊嗓子的。

怎么又成了吊嗓子啦?

临别前老王跑到了湖边,他用尽力气想大喊一声,大叫一嗓,却没有叫出来。但是他听到了湖面上传来的回声,非常辽阔震撼宏伟沉雄。他狂笑一声,飘然离去。

肥皂剧

老王和一些朋友谈起最近最最红火的一部三十八集电视连续剧。

甲：不看它，您又看什么去呢？几个演员怪俊的，越看脸越熟，真舍不得离开他们哪。

乙：意思还是挺好的，教人学好，教人爱国，教人做人。

丙：一不爱看电影，二不爱出去吃饭，三不爱饭后读书了，这就是老了呗。半躺在床上看肥皂剧，可好啦，看着看着就睡着了，睡醒了接着看，一点也不断线儿。瞧人家这剧本编的，瞪着两眼看不多，闭着眼睛睡不少。

丁：丙先生你讲得可真美好，看着看着睡着了，这是什么样的博大精深的剧本，这是什么样的祥和安谧的情调，这是什么样的无始无终的情思，这是什么样的物我两忘的境界！

戊：您老是说真的吗？

己：前两集还行，后边吧，故意拉长，横生枝节，故弄玄虚，拖拖沓沓，不合情理，前后矛盾。要不就是前后重复，胡编乱造，毫不沾边，人物忽然明白，忽然糊涂，本来一句话的事儿，硬拖上十集不解决，本来不沾边的事儿，硬扯到里头充当搅屎棍。你再一想故事压根儿离谱，中国的一点传统手工艺，变成了国际国内争夺血战的核心，

肥皂剧

是在争连城剑诀还是新式核武器呢？

庚：看肥皂剧的目的是解闷，可不是较真较劲，要照您这样说，您是自己找气生吧？

辛：己兄所述，谁人不知？谁个看不出来？这就好比接待了一个你不怎么喜欢的客人。这就好比听了一个没有质量的演说。既然没有其他更好的娱乐方式，您就姑妄看之，把自己干脆白痴化，傻看傻乐傻开心，装傻充愣，看看故事，看看美貌演员，看看服装，看看室内陈设与装修……你就假设你比肥皂还肥皂，你比导演还弱智，不行吗？怕别人拿你当傻瓜卖了？小隐隐于朦胧诗，大隐隐于肥皂剧。一傻解千愁，一傻万事通！

众：您老讲得真高哇！您这是胡说八道呀！您这是反讽？您这是装模作样？您这是大智若愚？您这是大愚若智若禅若与世无争若普度众生舍我其谁？

颈椎病

老王读书，读着读着，突然天旋地转，头晕得要死。那天他表大舅子来，听说情况便指出，这是颈椎病：由于脖子上的那根骨头骨质增生，压迫了脖颈动脉血管，大脑小脑供血均呈不足态势，你不晕你想让谁晕去？

表哥发挥说，你那么大一个脑袋，全靠一根动脉维系，这根动脉一断，你的仇人也就一命呜呼啦。

老王心想，我并没有想让谁晕呀，也没有想折断仇人的脖颈呀。宵小对立面有个把，大概比我还窝窝囊囊没了戏了，让人家晕啥？大款要人，没有谁对不起咱，人家有人家的条件，人家有人家的饥荒，我老王虽非圣贤，也非妒贤嫉能之丑类，自己窝囊犯不上让人家头晕，而且即使人家一个个头都晕成陀螺了，也不等于自己能兴旺发达。还有，谁又能做结论我老王就是窝囊呢？我要窝囊，能有今天吗？

头晕没诊断好，老王又因表大舅子的话自己跟自己较起劲来。

他去医院跑了个不亦乐乎，照片子查颈椎，照CT查脑瘤，戴浩特查心脏，心理专家查痴呆，抽静脉血液查常规加专项……他深刻地认识了咱们的公费医疗制度的优越性。结果是什么诊断都没有确定，也都没有排除。他可能有病或无恙,他可能有 X—N 症,或什么症都可能暂时没有。什么时候有？谁知道？渐渐地,他也就不怎么晕了。

这时,老王又听表大舅子的建议抓了几服中药,每天熬得遍室生香。老王的晕就这样好了。

寿命

老王去给自己的一位中学老师祝白寿。百字少一横是白,指九十九岁。

老师住在医院里,但是精神矍铄,说是每天写作读书都在五个小时以上,即使不读不写也在不停地思考。老师说,他的计划是要活到一百五十岁,他还要写十本书。老王听了佩服不已,这才是进取心,这才是老骥伏枥,这才是壮心不已,这才是生命的意义啊。

回到家,老王在报纸副刊上读到一篇文章,说是一个国家的原总统对采访他的人说,他如果现在死了,他的寿命已经超过了他们家庭成员的平均寿命,他会感到满足。老王算了一下,这位大名鼎鼎的前总统,今年不过五十八岁。

老王非常震惊:怎么会有这样的说法?怎么会有对于寿命的满足感?一个人在生死的问题上怎么可能做到这样的心理平安?回想他自己,他是怎样地怯于做这一类的思考啊!

DVD

老王年事渐长,一个重要的标志就是每天白天精神还好,但是一旦吃罢晚餐,就觉得精力不支,除了斜靠在床头看电视,打两个电话接两个电话,再不想干别的了。

电视到底看了些什么,他自己也说不清楚。有时候一条新闻一看再看三看四看;有时候连看几遍都没有弄清楚原委;有时候一集电视连续剧刚看了几分钟,突然觉得对话太多或者表演太造作,改成了看体育比赛;看乒乓球吧老是中国队赢,看足球吧老是中国队输,看多了也没劲啦。

孩子们给他买了些 DVD,让他多看点大片名片什么的。他看了几个,立即叫停。他说,看 DVD 是它管着我,我似乎必须从头至尾看完,连想上卫生间都有心理障碍,连打盹都觉得不该,这哪叫休息,这叫上课!还是让我胡乱一边找着一边看着一边睡着一边歇着,上哪儿找这么好的事去!

老王并且总结说,模糊、重叠、无序、遗忘……这些正意味着精神的充分空间,意味着逍遥自在,意味着中华文化中老庄一派……讲得孩子们瞠目结舌。他顺便告诉孩子,一家最大的海内外媒体,节目主持人竟然将"瞠"读作"堂"。

这一番讲说以后,老王自觉在孩子面前威信提高了许多。

回头

老王在街上走，碰到上知天文下知地理、所有书架上的书都读过、前后五百年的事无不知晓的孙天师。天师问，你到哪里去呀？他回答到什么什么地方。天师说，咦，你到那个地方应该走那边的，怎么走到这边来了？老王说，我随便遛遛。天师说，你遛弯儿应该到哪里哪里呀，怎么在这边遛弯儿呢？

老王一句话答不出来，回头就走。天师大惊，在后头追，边追边说："千万别往那边去，那边马上会发生一场枪战，四名枪匪和十名警察交火，那边太危险了。"

听了这话，老王跑得更快了。他跑了十分钟，估计天师走开了，便再回转身走。走了几步，他发现，天师还在那边等着他呢。

他问天师："哪儿呢哪儿呢？哪儿有枪击？哪儿有死人？别烦我好不好？"

天师一笑，说："瞧，您这不是回来了吗？"

快乐不快乐

老王老了以后常常问自己：什么是快乐呢？什么是不快乐呢？

老王还爱问：谁有权力判断一个人——比如他老王——该不该快乐呢？一个人的快乐权是属于他自己还是属于某个新出炉的哲学博士呢？

老王还想：一个悲愤的人是不是有权力要求旁人一定要与他一样痛不欲生呢？一个快乐的人是不是需要为世界上乃至他的身边还有不快乐的人而惭愧，而受到良心的责备呢？

老王给一个老朋友打电话，互致问候。当老王说到自己去了桂林，逛了漓江与七星岩之后，朋友埋怨道："瞧你还玩呢，我这里，一家子住了医院……"

老王愧悔无地，觉得是自己太轻狂了，这么大岁数了，你就忍了算啦，还快乐什么？

最近他发现了一个秘密，快乐与不快乐的划分其实很简单：夏天，一天闷热，北京人叫作憋雨，晚傍晌呼啦啦下起大雨来，人们是多么快乐呀！而憋了一天雨了，潮了闷了热了黏糊了，最后雨云被一阵风吹散了。期待了一两天硬是没有雨，那才不快乐呢。

这是老王的绝密发现，他不敢公之于众，他怕那些新出炉的博士批评他太没有深度太不够悲愤。

较劲

老王这两天有点自己跟自己较劲。

他在电视直播节目里看到自己最喜爱的运动员在国际比赛中获得了冠军,新的世界冠军在接受采访的时候激动地说:"我的成绩证明了,黄种人也可以跑得快,亚洲人也可以获得好成绩……"

老王觉得别扭,为什么要扯上肤色与洲籍呢?

老王与别人谈论此事,人家说:"唉,近百年来,有色人种亚洲人受的气太多啦。"

老王说:"那人家非洲运动员呢?人家非洲人就不苦大仇深了吗?人家在这个运动项目上的成绩超过了我们,如果人家说什么什么肤色什么什么洲的人的成绩如何如何,我们会怎么想呢?"

朋友们批评老王不应该故意找别扭,得了冠军,欢庆欢迎欢呼不就结了吗?

老王想想也对,何况这运动员是那样可爱,那样酷,那样招人喜欢,那样满面春风,他简直是改革开放的新世纪的中国的形象代言人啊。

不久,他又听到一位戴眼镜的新秀答记者问,说他的目标是把什么什么人(指肤色)比下去。老王吃了一惊,怎么能这样说话,新秀还是名牌大学的在校学生呢。

老王为此失眠了，他不想和别人说，免得人家说他思想各色，而且多管闲事，而且也许是立场和感情出了问题。

过了几天，他又看到一位记者问一位远道而来回乡祭祖的老人："您那么老了，怎么还要亲自回乡祭祖？"

过了几天，他看到新闻字幕上把受到"启迪"写成受到"启涤"。

过了几天，他看到一位记者问一位宗教领袖："你才这么小，就受到那么多崇拜，你感觉怎么样啊？"

……

老王笑了，他不再与自己较劲了，他从此笑逐颜开，只是偶尔在梦中呻吟两声罢了。

醉机

老王在退休以后学会了使用电脑,有点扬扬自得,心想,我老王是跟得上时尚的。

这天电脑突然得了怪病,不待指令就自己进入网页,显示不良内容。刚收到一份老友邮件,不待阅读完毕,忽然自动删除。老王欲将喜欢的图片设置为墙纸,结果呈现的是另一张。文字处理更是千奇百怪,想打"老王",出来的却是国骂"他妈的";想打"快乐"二字,出来的却是语气词"吗呢啊呀";想打"朋友"二字,出现的却是"什么东西"。

老王大骇,请了电脑工程师来杀毒,没用;检测,查不出毛病;格式化以后重装,还是这样。

老王叹道:"我的电脑喝醉了。"

工程师笑道:"醉也不能醉这么长时间呀。"

老王道:"它喝的是一千零四十元一瓶的XO。"

旅行

　　老王坐着一辆长途公共汽车在二级公路上旅行，颠簸的道路使他昏昏欲睡。在半醒不睡的恍惚中，他梦见自己是在旅行，是在另一条国家二级公路上坐着长途公共汽车昏昏欲睡。在半醒不睡的恍惚中，他梦见自己是在旅行，是在第三条国家二级公路上坐着长途公共汽车昏昏欲睡……后来他醒了，他很庆幸，自己是真的在旅行，在旅行中梦见旅行，多么有趣，多么辛苦，多么没有新意。

第一与最好

于是老王给自己出了许多类似的问题:

你第一次喝酒是什么时候,喝的什么酒?

你第一次看电影是什么时候,看的什么电影?

你第一次盯住一个女孩儿看是什么时候,她长的什么样子?

你最爱唱什么歌,第一次是在什么地方唱的?

你最爱看的是哪本书,是什么时候第一次看的?

你第一次离开北京是什么时候,是到哪里去?

你的第一次吻?第一次滑冰?第一次游泳?第一次领工资?第一次逛公园?第一次坐飞机?第一次出国?

于是老王想起了二锅头与茅台、卡通《铁扇公主》、邻居女娃、《喀秋莎》或者陕北民歌、《野草》或者《唐诗三百首》……他想到了世界与中国的许多美丽的地方,想到了夏夜、雪、阿尔卑斯山……

多想点这些可真高兴!

心理测验

老王认识了一位新出炉的心理学博士。应博士的请求,老王找了一个机会请一些老同学吃饭,趁机由博士对大家做了心理学测试。博士问:"当你听到一个你不喜欢的人因病故去的时候,会有什么反应?"

甲:我会震惊,我会叹息人生的无常,我会感觉到过去的恩恩怨怨其实没有什么意思。

乙:我会想到自己也有这么一天,我会想到既然大家都老了,想尽办法过得快乐一点,放松一点,优雅一点算了。

丙:我会感谢上苍,我虽然已经年纪不小,但是身体还差强人意。其实我年轻的时候是很多病的。

(一个朋友替他敲敲桌板,说是根据西俗,一个人是不可以随便说自己身体不错的,那样做算是 tempt the fate,就是"招惹命运",会有不好的效果。)

丁:我想起了鲁迅,就让那些人恨我去吧,我也是一个也不原谅。

戊咕哝了一句,说是此话引用与理解都不准确。

己:我能有什么感想呢?生死亦大矣。死者已已矣,生者常凄凄。但求无愧我心。

博士说:"好好。"

心理测验（续篇）

博士又问了大家一个小问题："当你的一筒牙膏快要用完的时候，你会有什么想法？"

甲：我希望快一点用完，早早换上一筒新牙膏，最好是另一种牌子的牙膏。

乙：我有点惭愧，怎么又消耗了一筒牙膏？对社会没有什么贡献，却消费得很多很快。

丙：我会回忆所有关于牙膏的广告，以及关于哪种牌子的牙膏含有毒素的报屁股文章，努力挑选一种功能最最好价格又低廉的新牙膏。

丁：我十年前就用天津的一种牙膏，现在还用。牙膏用完了就完了呗，有钱就去买新牙膏呗……现在咱们当中还有心疼牙膏钱的吗？太小瞧咱们改革开放的成绩啦！

戊：我不会有任何反应的。油盐酱醋茶，牙膏香皂擦脸油，都是易耗品，完了就补充，这有什么可反应的？连这个都反应，不怕自己累死？

己：我认为，一筒牙膏用得快完了就应该扔掉。不然挤来挤去，容易挤出一些牙膏皮的污染物来，有害健康。

老王问博士："你测试这个干吗？这能说明什么？"

博士说："这也许不能说明什么。但是一个心理学博士，不是应该并且可以多搞点测试吗？"

插座

老王梦到了自己拿着一个电器的电源插头往移动插线板上插,插了半天,就是插不进去,不是这道缝窄了就是那个眼宽了,不是插线板质量太低就是插头不合标准。

什么电器呢?不详。什么插头呢?三相的还是两相的?英式大方棍还是德式圆柱?美式一大二小还是日式三小片?他也闹不明晰。什么插座呢?万能?并联?分别控制开关?带保险?他也看不清,反正既有插头也有插座,就是插不进去,通不成电。

老王气喘吁吁,心慌,虚汗,对了又对,瞄了又瞄,插了又插,就是进不去,灯也不亮。

累了一会儿,老王渐渐意识到,这不是真的吧?我怎么迷迷糊糊?我怎么东倒西歪?我怎么恍恍茫茫?我的胳臂怎么跟面条一样?莫不是一场梦?

……且慢,如果是梦,我能在梦中知晓吗?梦中认定是梦,那不就是双重梦幻了吗?梦中之梦,能是靠得住的吗?

然而,插座却因此一念而立竿见影,变软,变细,变形,变没,变得无形状、无刚性、无虚实、无大小长短了。插头也变得若有若无终于什么都不存在了。

不但插头不存在,插座也不存在,电器与电线都不存在，老王也不存在，梦也不存在，不梦就更不存在了。

……此后，有慧根的老王分析，这大概是一种后现代的思潮吧，那么多电器，电脑电视电话电冰箱电烤箱电微波炉电切片机电榨汁机电吐司（烤面包片）机电剃须刀电热水器电空调电保洁净（便后冲浴器）充电器更不要说古典的电灯泡了。浪费啊，罪恶啊，城乡差别啊，人成为物的奴隶啊，现代化的异化啊！

老王后来否定了这个思路，这个思路本身就太不人文太不民族太不中华太不全球化了。关键在于梦中知梦，知而不醒；梦中之梦，负负得正；梦与醒本无大异，梦与梦也不必相似相同。但是他老王虽愚钝，却还有几分灵异。灵异终于使坚硬的低质量的不合格的一切软化虚化蒸发消散啦！

在一次闲谈中说起此梦，多数听者哈哈大笑，并建议老王去男科挂专家门诊兼心理咨询号。这使老王甚感沮丧，并产生了仇视西方思潮的动机。

假牙

老王去了一趟家乡，把假牙丢在亲戚家了。

从家乡到老王现在居住的城市有三百公里。老王埋怨自己的日益昏聩，记性锐减，也就不抱希望了。于是借此机会去治牙，技术更新，更上一层楼，闹了一口新式假牙，除了吃东西时找不到感觉以外，一切与真牙无异。

也好，那副假牙还是二十七年前"文革"期间起五更排队配置的呢。孩子们催他换假牙已经很久了，幸亏有此一失，才有了满嘴新式假牙。

想不到的是，不久，恰恰在他刚刚做完新牙以后，他的表侄孙从家乡送老假牙到老王这里来了。他当然很感谢，但是这副送来的假牙已经没有用处了。

他招待了一番表侄孙，充当了一回慈祖父，听了一回表爷爷长表爷爷短，他也一再表示了感谢之意。

但是表侄孙发现了老王的新式假牙，问东问西，而且理解了确认了自己的送牙并无意义。表侄孙显得失落。毕竟家乡农村是落后的呀，那里没有人知道这种新式的代理牙齿技术。

老王好几重的不安：让表侄孙耽误工作跑了一趟；显示了城乡差别，造成了年轻人的心理不平衡；让表侄孙失望，没有看到自己辛苦的成绩，没有得到做好事的快乐；

拿来了无意义的旧假牙、原假牙,好比已经下台的官员,已经没有多少用场了。自己也要花费时间和金钱招待小客人,同时生怕没有招待好表侄孙……

后来表侄孙走了。后来老王还把老假牙留了一段时间,说是做纪念什么的。后来女儿说老假牙上有残留的细菌和病毒,可能传染禽流感或者丙型肝炎。后来老王授权女儿处理老假牙。后来老假牙不知所终。

后来老王说,如果牙科技术与一般的各项科学技术演进得慢一些,再慢一些,这个世界就可爱了。后来儿子说老王的认识已经达到了后现代的水平啦。

英俊与潇洒

老王年轻时过冬最注意戴帽子,他信奉护身先护头的学说。近年来,由于暖冬,由于自己年岁渐大冬季很少出门,便很少用帽子了。大量帽子放在箱底尘封。

这年冬季,突然大冷起来,老王便从衣箱里顺手找了一顶帽子,戴上它去超市购物、下楼倒垃圾、饭后散步等等。

一位老邻居见到了他,叫道:"你怎么戴这样的帽子,你从前戴那顶蓝灰毛绒帽子的样子是多么英俊潇洒啊。"

什么?我戴过一顶蓝灰毛绒帽子,戴上它居然还显出了英俊潇洒?

老王很开心,这一辈子,他从没有听到别人讲到他的时候用"英俊潇洒"这样的字眼儿形容。老而得英,老而弥俊,老而益潇,老而终洒,不是很酷的吗?

老王换了一顶鸭舌帽戴,老邻居见了,摇摇头,说不是这顶,这顶太不合适了。

老王又找出一顶仿狐狸皮的三片瓦帽子,老邻居说,更不像了,你又不是北大荒人。

老王翻箱倒柜,找出一顶类似圣诞老人戴的尖头毛线帽子。老邻居说:"对不起,您可别生气,您这么一戴,像马戏团的小丑儿!"

老王掘地三尺,找出来春夏秋冬各类老帽子,都不行。

英俊与潇洒

老王一上火,又到街对过的百货公司买了几顶新式帽子,价格不菲,但都没有得到人民的认可。

老王想,我当年英俊潇洒的时候,戴的究竟是什么样的帽子呢?

丢失与遗忘

老王有一天突发奇想,他以七十五岁高龄,要写一篇小说。

这个想法使他落泪,他这一辈子没得过奖,没中过彩,没当过"代表",没被接见过,没与任何"第三者"通过信飞过眼勾过肩搭过背,他从来没有显示过一次才华呀浪漫呀多情呀什么的。然而他也是人,他也不笨,他也有一颗欢蹦乱跳的心,他也会说许多词儿,他也为文学艺术作品感动得涕泪直流过。那么,七十五岁了,留下此生的唯一一篇"小说创作",不也是不枉走人间一遭吗?小说小说,哪个老小子小青年的不能写呢?

他写了五个小时,自我感觉奇佳:我又不是作家,我也没有入过什么协会,我大学学的并不是文学,我写出来感动了我自己就行了。啊,我是多么幸福,我在七十又五之年,写出了成熟的又是新锐的处女作。好你的,老王!

第二天,他打开电脑,想看看自己的新作处女作,没有了。

他明明记得自己是怎么存盘的,他命的名是"第一次出手",他存到了2009.001特设的文件夹里,又把文件夹从"我的文档"中调到了桌面上。怎么没有了呢?他寻找各文件夹,没找到。再寻找 word,他记得打开 word 调出空白页连敲两下左上角的"文件"栏后，会出现他最近用过的四个文件索引。可惜，刚才急于查找各种文件的时候，已经把头一天留下的空间全部占用了，已经把原来的痕迹全部冲掉了，这里只有五分钟前饥不择调的记忆而没有头一天的记忆了。他再运用什么 office 呀 search 呀，都找不出来。

老王心慌意乱，脑门冒汗。他真是没有出息啊，人家孔子，七十一过就从心所欲不逾矩，也就是从必然王国进入自由王国了，他怎么遇事这样惊异失措？幸亏这一辈子没有受过重用，没有负过责任，没有处理过突发事件……

从来没有的事情，不但存到了盘上的"出手作"了无痕迹，连自己的脑子也彻底空白了。2009，2009，2009，今年对于他来说就是这样不客气。

报应了吗？就在四个月前，他还回答一个青年人说，他尚未感到多么衰老退化。

他在电脑前闹了一个多小时，等确认自己确实全面衰老退化萎缩了以后，出现了此生从未有过的平静，显出了大彻大悟的清纯的笑容。

剪切

几天过去了,老王硬是根本想不起自己写过什么了,干干净净,只有明镜台却没有尘埃,只有雪白却没有杂色,只有天空却没有云霞暧昧。这一辈子他老王记下来又忘掉的事多矣,忘得这样干净光洁通透却是第一次。

我的心是多么透亮,我的脑是多么平滑,我总算是进入了新境界新阶段啦,你老!

想了几天,绝无线索。终于死了心之后,老王相信,是有一只上苍的大手点击了"剪切"即 cut 功能,咔特,也就是咔嚓,把他七十五年积累的小说剪掉了。

剪切之后,应该是粘贴了吧?

入睡以后,老王看到了天上的花园,那里有许多好的小说粘贴在花园的院墙上,粘贴在花园的花瓣上,粘贴在大树的树干上,粘贴在高天的白云上。

当然,老王的作品不仅被剪切和转移了,也被粘贴和展示了。要不,你们说,老王的小说跑到哪里去了呢?

遗忘

老王丢失假牙更换新假牙以来,颇多感慨。一是,老了,真的老了啊,不中用了啊。二是,城市和乡村,相差的还是多了去啦。三是,科技创新,更新换代,太快了您哪。四是,现在农村的人也不简单啦,说来人家就来啦。

最后一条叹息是:我这一辈子因遗忘(而不是因被盗)丢过多少东西啊。

这后一条叹息伴随了老王许多天。他从小就有些丢三落四,说起随时随地丢失物品来,他的记忆力似乎奇差;说起记住自己丢过什么来,他的记忆力又似乎奇佳:他到现在几乎记得所有他因遗忘而丢过的物品,不但记得物品名称,而且记得丢失的细节。

他为自己开了一张单子:

帽子十三顶:草帽两只,制帽两只,礼帽一只,风雨帽三只……

手套二十多副:连指套四副,白线手套三副,皮手套三副,露指手套一副……

眼镜六副:花镜两副,游泳镜一副,墨镜一副,风镜两副。

伞四把:雨伞与旱伞各两把。

手表一只:瑞士大英格尔牌。

钱包、书包、挂包、背包共二十余个。

……

但是更离奇的是，没有遗忘于他处，没有失窃，就在自己家里，明明在自己家里，却有些东西再也找不着了，至少是好久以来，找不着了。

其中有西服上身两件，西裤三件，毛线衣（进口澳毛）三件，袜子二十余只（不是双），秋衣五件，秋裤两件，眼镜一副……最最奇怪的是当年还丢过一包避孕用具，神乎哉妙也，琳琅满目啊！

这说明，我们的各种用品太多了，太多了就照顾不过来了，就容易遗忘了。人的一生，短缺的真是短缺，浪费的也真是浪费啊！

他没敢再发议论，怕的是被识者邀请他去出席某个学派思潮的研讨会。

答案

老王做了一个梦。他听广播听到一个有奖问答题：人渴了应该怎么办？说是奖金六百元，让大家竞猜，可以给电台打电话，可以发短信，也可以发电邮。声音好听的男女广播员，反复强调着他们的电话与手机号码，还有伊妹儿地址。

第一个幸运地接通电话的人回答："赶紧打点滴，注射生理盐水。"错了，奖金增至八百元。

于是男女广播员启发说，不一定是打针的方法嘛。

第二个电话接通者，说是应该吃渔人牌薄荷糖。

又错了，奖金增至一千元。

第三个人答复说，吃牛黄解毒丸。

继续启发，就差说出来了。

老王想，这答案当然是喝水了，这样简单的问题，怎么硬是没有人猜对呢？

老王乃拨通了电话。电话那边说，您的电话已经接通，请耐心等待。

下面的回答是看梅林的国画，是用冰镇额头，是按摩涌泉穴，是喝酸梅汤，是喝可口可乐。

最后，答案是喝干净水。同时老王得到耐心的解释，说是他的电话没有被选中，感谢他对于广播节目的支持。

不久，他收到了话费通知单。不多，三十多块。

醒后他给别人讲这个梦，大家都认为是他吃多了上火造成的。

惊叹号

老王发现妻子说话当中的惊叹号日益增加,而逗号、分号、破折号与括弧日益减少。

妻子说:"太乱了!""成了垃圾堆了!"

妻子说:"哎哟,痛死我了!"

妻子说:"今年的冬天太冷啦!"

妻子说:"从前的夏天有多少萤火虫!"

妻子说:"这个杀虫剂是假的!"

妻子说:"市上涨工资啦!"

老王希望妻子不要为日常生活太辛苦,便陪妻子逛公园,妻子说:

"荷叶真绿!"

"门票真贵!"

"现在的年轻人穿得真漂亮!"

"人真多!"

"我们真的老啦!"

老王的眼睛里沁出了泪花。

惊叹号

自愈

老王的电脑突然好了。

老王已经对电脑的使用不抱希望,他已经委托比他更懂电脑性能、价格(性价比)、行情和专卖店服务状况与信誉的他的儿子给他买一台新的。

而这个时候原来的电脑突然好了。

老王已经准备把旧电脑送人,太太忽然说:"要不你再试试,也许是你自己操作得不对,也许现在已经好使了?"

世界上最不信任自己的就是太太,老王愤怒地打开了旧电脑,一试,果然嘛问题也没有。

太太说:"怎么样?我说过了嘛,你自己的问题嘛。"

老王傻了,这难道是太太预设好的把戏?那太太成了超级电脑专家啦,太太应该应聘到硅谷去啦,年薪起码二十万美元啦。如太太特爱国,那就到国防科工委也行,至少弄个少将军衔,将来说不定在信息战中能立功受奖……

"我的电脑脾气不好,我本以为是我自己的脾气不好,谁知道它……"老王活像鲁迅笔下的祥林嫂,见人就说:"我真傻,真的……"

着陆

老王做了一个梦,梦见自己会开飞机了。他驾驶着一架大型喷气民航客机,穿云破雾,随意翱翔,十分自由快乐。醒来后仍然得意扬扬。

得意了十分钟后,忽然发现,只梦见了开飞机,却没有把梦中的飞机降落下来,一架飞机没完没了地在空中飞行却不着陆,这是多么危险多么可怕!

他天天盼着能再次梦到开飞机,而且这次要坚决驾驶着飞机安全着陆,叫作一块石头落地也。

然而,他仍是只梦到开飞机,梦不到飞机着陆。他为此十分焦急,茶不思,饭不想,人变瘦了许多。

一年后,他梦到了自己在修机场,扛洋灰,打钢筋桩。醒后大喜,他终于明白了,不修好机场跑道和指挥塔,飞机怎么着陆呢?

符号

老王的妻子说要做香酥鸡,她查了许多烹调书,做了许多准备,搞得天翻地覆,最后,做出了所谓的香酥鸡。

老王吃了一口,几乎吐了出来,腥臭苦辣恶心,诸恶俱全。

老王不好意思说不好,他知道他的妻子的性格,愈是这个时候愈是不可以讲任何批评的意见。但他又实在是觉得难以忍受,他含泪大叫道:"我的上帝!真是太好吃了呀!"(他实际上想说的是:"真是太恶劣了呀!")"香甜脆美,举世无双!"(实为:"五毒七邪,猪狗不食!")"啊啊,你是烹调的大师,你是食文化的代表,你是心灵手巧的巨匠……"(实为:"你是天字第一号的笨嫂,你是白痴,你是不可救药的傻瓜!")……

老王发泄得很痛快,王妻也听得很受用。老王想,轻轻地把符号颠倒一下,世间的多少争执都可以消除了啊!

符号

药片

老王的太太患了过敏性咽炎，住了三天院，经过了各种先进仪器与方法的检查，证明无器质性病变，无感染炎症，只是神经末梢的敏感所致。

老王太太深为咽炎所苦。老王想了一个办法，找了一瓶维生素 D 加钙片，撕掉瓶签，假说是医科大学新发明的治疗咽炎特效药，让太太每天吃三片。

太太觉得蹊跷，为了咽炎的事她问遍了医药界的所有老同学老朋友，哪儿听说过这种药品？再一琢磨，显然是老王的那点小伎俩，反正是有益无损的药片，与咽炎不咽炎压根儿不沾边。

太太遂每天往抽水马桶里抛掷三片药，说是吃了。

老王发现太太神色有异，但想到并无治疗良方，遂硬着头皮每天夸奖药片有神效，太太的咽炎大有起色。

太太觉得可笑至极，但听到老王信誓旦旦地肯定自己的身体一天好似一天，她仍然觉得很好听，很受用。

药片抛扔完了，老王的夸奖词语也用尽了，一天王太太忽然觉得自己的咽炎确有好转了。她后悔，管他什么药片呢，服用下去，反正有好处。扔了那么多药片，多浪费呀。

一年后，两人都明说了，都哈哈大笑。王太太的笑声清脆响亮，证明绝无咽炎。

死亡

老王在一个场合对人谈自己对于死亡的看法,他说:"我二十岁的时候最怕死;三十岁的时候忘记了死;四十岁的时候感到了死的临近,悲哀得很;五十岁的时候拼命进补药和练气功;六十岁的时候想起死亡来轻轻嘘一口气;七十岁时想到个体的这个下场觉得可笑……一百岁以后,我肯定什么也不会想了。"

老王的一个素以智慧著名的朋友老丁说:"全是废话。"

灵验

传说南山发现了一眼神泉,说是喝了这个泉的水可以治病益寿、美容延年。老王去了南山,一直找到天黑也没有找到山泉。他回到家来,灰心地说:"纯粹是迷信,这年头,还有什么神泉?"

老李不死心,带着帐篷去了南山,住下找了三天,找到了。但他看了一眼,只见泉眼边都是秽物,还有游客吐的痰。他认为这眼泉很不洁净,便失望地下了山,说是有泉但水极脏,不能喝,同时也骂乡民的无知和迷信。

老赵便再去,老李给他画了图,他不费力地找到了泉,看了看,已经不算太脏。他喝了泉水,还带回了一桶。人们纷纷抢着喝神泉的水,但没有一个人因喝此水而治愈了疾病或改变了健康状况。于是人们便大骂神泉之说,提倡科学、反对迷信起来了。

过了许多年,村民老谢因患肝癌,无医可救,便上了南山,找到了神泉,喝了许多泉水。他回到家后不久,病好了。

又过了许多年,围绕神泉问题,形成了一些学术派别:灵验派、信仰派、怀疑派、解构派、实证派、模糊派等。

灵验

新房

老王搬家了,朋友们一看都说他搬得莫名其妙,新家比旧房距市中心远,面积比旧房小,周围环境也不如旧房清新。

老王嗫嗫嚅嚅,说不出搬家的道理来。最后,他说了一句:"我已经老了,要是这次不搬,就再没有搬的机会了。"

应验

老王做了一个梦,梦见自己捡到了一个旧钱包。

他没话找话,将自己的梦告诉友人。友人问:"钱包是真皮的吗?""钱包里有钱没有?""钱包是名牌的吗?"

老王答不上来。他想,要是这个梦能重复一次就好了。

结果真的重新做了一次同样的梦,真是心想事成,这可能是老王今年春节喝了一次 XO 人头马白兰地的缘故。

老王一面做梦一面想着朋友们的疑问,他于是给梦中的钱包以特别的关注。他发现,包是真皮的,很老旧,有的地方开了绽,不是名牌,最主要的是,钱包里什么都没有——就是说,空钱包。

老王又与他的同样退休了的友人谈起此梦,信息完整,材料翔实。他问:"梦到空钱包,这预兆些什么呢?"

一个友人说:"老哥,你可要发财了。虚包以待,没有比这更好的兆头了。"

第二个友人说:"不,你要注意呢,不要失窃破财呢!钱包空了,多悬!"

第三个友人说:"破旧的皮包,是对你的一个警告:你老了,你过时了,你需要观念更新,急起直追!"

第四个友人说:"哪有的事,目前世界潮流是保护文物,珍惜历史。你的梦要说的是,你们家有古玩,快回家搜寻搜寻吧。"

第五个、第六个、第七个……有多少人就有多少见解、多少预测、多少忠告。

过了些日子,一切照旧,什么事情也没有发生。众朋友向他提出问题:"怎么样,我们说得对不对?你是不是发财了?破财了?观念更新了?珍重历史了?"

老王没有回答。大家不依不饶,都要求老王说话,证明自己的预言最灵验。

老王终于回答:"是的,都应验了。"愈想他愈坚定,本来就是嘛,都应验啦。

说了,就是应验。

故事

老王做了一个美丽的梦。他梦见了青年时代的一个女同学,两个人一起去餐馆用晚饭,一起谈心,一起逛商店,接下来好像还有点感情瓜葛、悲欢离合什么的。

醒后他到处给人讲自己的梦,像讲一个爱情故事。人们一面听一面笑一面摇头,没有人相信他会做一个这样完整这样浪漫这样故事性强的梦。

讲得多了以后,老王也觉得不好意思了,他讲的内容果真都是他梦见过的吗?他在讲述的过程中没有添油加醋吗?没有加上合理的想象补充吗?梦本身就是想象的产物,他怎么分别梦的经历与想象的经历呢?这么大年纪了还讲什么梦中与异性的交往,不是让人笑话吗?

一天,他又给人讲自己的梦,一个老友说:"胡说,梦都是模模糊糊的,你根本不可能做这样清晰曲折的梦。老王你说老实话,你的梦是不是事后瞎编的?"

老王想了想,于是承认自己是瞎编了一个梦。

朋友们大笑,觉得老王愈老愈莫名其妙了。

故事(又一)

"从前有一个老头……""从前有两个小孩……""从前有一个国王……""从前有一个山村……"

老王总是这样开始自己的故事。他的故事给儿子讲罢了再给女儿讲,给子女讲完了又给孙儿讲。故事依旧而听者不断地变化。

老王讲得没意思了,便自己编了几个故事。他刚一讲自己编的新故事,孙儿立即就听出来了:"不行不行,您净瞎编!我们不干我们不干……"

真是奇怪,孙儿不过三岁,连自己的名字还说不明晰,怎么就不准他编故事了呢?怎么就听得出来什么样的故事是早已有之,什么样的故事是临时编造的呢?

老王不明白,故事,不都是人"瞎编"的吗?怎么别人编则可,他编就不行呢?

人形

老王得到一个日本朋友赠送的料器"人形",它服装、姿态、发饰、总体造型极美,只是没有脸孔——更正确一些说是没有五官,头发下面是一个细长的圆柱,也不像脸,也不像没脸。

他的亲戚们来到后惊呼:"太可怕了,你怎么摆这样一个人像,简直像是个鬼。"

老王唯唯,把日本"人形"收到了顶柜里,眼不见心不烦了。

过了若干时间,一些亲友来了,都说:"听说你有一个没长脸的玩偶啊,你放到哪儿去啦?"

老王只好再拿出这个"人形",解释说:"没有脸孔其实没有多大关系,就看你怎么样想象它的脸了。也许那是一个大美人呢。"

极致

一个年轻人问老王:"您气急了,想干什么?"
"想笑。"老王回答。
"您高兴到极点,想干什么?"年轻人又问。
"想死。"老王回答。
"您恨极了想杀人吗?"
"恨极了?恨极了想吃一客高级冰淇淋。"
"您爱到极点呢,您爱到极点会有什么愿望?"
老王于是闭上眼睛,用手示意,令那个提问题的人退去。

模仿

老王唱歌唱得不错，他特别喜欢新疆一个叫作艾哈迈德的民歌手的演唱。他用尽了办法想模仿艾哈迈德的唱法。他练了一年，听来听去总是没有艾哈迈德响亮，没有艾哈迈德共鸣厚实，没有艾哈迈德有一股子野气、硬气。反正愈学愈不像艾哈迈德，他很失望，觉得沮丧。他便不去模仿艾哈迈德，甚至也不去模仿少数民族的发声，而是信口一唱。

有一次，在一个场合，大家要求老王给朋友们唱一首歌，老王便唱起了一个因艾哈迈德唱过而在群众中流行起来的民歌。

他的歌唱得很成功，而且大家说听起来有点艾哈迈德的味道。

模仿

四季

老王对妻子说:"你说,多有意思呀!春天完了是夏天,夏天完了是秋天,秋天完了是冬天,冬天完了呢,又是春天。"

妻子说:"是啊,你说这个是什么意思呢?"

老王说:"你说,春天吧,忽冷忽热,风也大,花一开吧,就特别喜人,让人沉醉。夏天吧,人多欢实!可虫子也欢实起来了,阴雨和潮气也叫人不畅快。秋天本来是最好的季节了,可是那个什么。然后就是冬天啦。一年也就这么过去了。"

妻子说:"是啊,你说得真对,可这样说又是什么意思呢?"

老王说:"一年又一年,我们都老了。"

妻子说:"是啊,是啊,我们都老了,你们他们她们它们也都老了,老了又怎么样呢?"

老王于是想,可不是吗,是啊是啊,老了又怎么样呢?春天完了是夏天,又怎么样呢?夏天比冬天热,这又包含着什么意思呢?

老王想,即使骆驼会说话会写文章,它老也未必说得清楚呀。

猜测

每次在电视里看体育比赛的实况转播,老王就和家人讨论谁会取胜,他往往猜错,引起家人的嘲笑。老王吸取教训,改成心里想什么嘴里偏反着说:心想着刘国梁胜,偏说瓦尔德海姆胜;心想着吉林敖东胜,偏说山东海牛胜等。结果反着说了,正着胜了,别人愈嘲笑他,他愈是得意。

猜测（续一）

后来，他发现反着说正着说都有说得准的时候，也都有说不准的时候。而家人在他猜得准的时候就惊奇一番，说他有特异功能什么的；猜不准的时候就嘲笑一番，说他是"胡蒙"什么的。

他终于意识到，他的猜测是没有把握的，碰运气当然是没有准的啦，于是他闭上嘴，老老实实地看比赛。家人发现了他看比赛而不猜测了。这样一来，这个家庭变得怎样的寂寞了啊。

猜测(续二)

老王不猜了,家人怎么说怎么请他也猜不上劲来了。好在还有儿子,儿子一看冷场,便冲了上来,由他来扮演老爹瞎猜的角色。他是一通胡猜,从一开始猜大家就嘲笑,即使猜对了也没人说他的好。

全家人都说:"还是老王当年猜得好。瞧人家,人家是分析着猜,人家是有根有据地猜。"唉!

猜测（续三）

老王看电视剧，常常边看边猜下一集的情节该怎样发展。猜对的时候少，猜错的时候多。猜错了，他对这个电视剧印象就还凑合；猜对了他立时觉得味同嚼蜡，他痛恨那位电视剧作者的智商怎么堕落到他自己这般地步，但同时又有几分得意扬扬。他和家人谈自己的猜测，孩子与老伴都笑他简直是穷极无聊，他就坚持说自己大部分都猜对了，就是说他料事如神。最后他说：

"电视剧剧本是人家写的，情节是人家定的，戏是人家导人家演人家拍摄的，电视节目是人家编排的，我们除了傻看傻笑傻感动傻抹眼泪儿以外，再不猜一猜，不是更穷极无聊了吗？"

众人哑然。

猜测

意志

老了老了，老王忽发奇想，认为应该锻炼自己的意志。他试验着命令自己明明想说话的时候偏偏不说，明明不想说话的时候一定要说；想吃饭的时候硬是不吃，不想吃饭的时候反而勉强着吃；高兴的时候要打蔫，难过的时候要兴高采烈；见了好朋友不表示热情，见了平素最讨厌的人，一定要笑容满面直至热烈拥抱，等等。

这样锻炼了几天，他有点迷糊了：想说话的时候不说，这不就变成不想说话了吗？而按照他的土政策，不想说话的时候他不是更应该说话了吗？如果他判断是自己更应该说话，那不就意味着他十分想说话因此更应该不说话了吗？那么，他到底是说才证明意志坚强，还是不说才证明意志坚强呢？

还有，到底什么叫意志坚强呢？想说话就说话，不想说话就不说话，想说好话就说好话，想说坏话就说坏话，是这样意志坚强呢？还是想东偏偏西，想狗偏偏鸡，想哭偏偏笑，想喜偏偏泣，是意志坚强呢？也就是说，是努力锻炼意志属于意志坚强，还是听其自然更坚强呢？为什么要意志坚强呢？为什么要操心自己的意志是否坚强呢？不操心又说明什么呢？

老了老了，还坚强个什么劲呢？

他愈来愈糊涂啦。

雨季

老王去郊游,赶上了雨。一天过去了,下了六七次,停了六七次,大下了五六次,小下了五六次。(下着下着,由大变小了或者由小变大了,故总称仍是六七次。)

老王回到家,特别兴奋,大笑不止。他解释说:

这就是夏天!我已经六十多年没有过过这样的夏天了。只是在我上小学的时候,好不容易盼到了暑假,无所事事的时候我总是赶上这种忽下忽停的初伏雨。后来呢,后来有一次大雨中我们一起去一家新营业的电影院看西班牙故事片,回家的时候淋成了落汤鸡……此后不是在房间里就是适逢大旱,不是倾盆大雨在车子里就是行走在屋檐下,想淋一次大雨也不可能了。

啊,我的淋雨的童年与青年时代!我的没有阻隔的直接的夏天!我的狼狈与兴奋的交织!我的过去就这样过去了吗?

老王的亲友反映,雨的力量是无穷的,它确实造就了湿人,不也就是诗人吗?

雨季

南瓜

老王有一个表姨，今年九十九岁了。

她老病了，老王带着妻儿去看望。老人已经说不出话，只是用手比画着一个大圆形。

妻子说："您要吃烙饼，是吗？"

表姨摇摇头。

儿子问："姨奶奶，您是不是想吃生日蛋糕？"

表姨摇摇头。

"我知道了，"妻子叫道，"您需要一面圆圆的镜子！"

还是摇摇头。

您思念月亮？您要玩篮球？您有个梦要圆？您要个碗？盘子？锅？盆？笊篱？桶或筒？您回忆滚铁环？钟？唱片？

您关怀地球？太阳？银河系？天堂？地狱？来生？此岸？彼岸？人文？终极？佛法？轮回？

最后还是老王明白了，表姨想吃南瓜。对于彼时的表姨来说，南瓜便是现实与终端、具象与抽象的一切。

明白了也晚了，老王终于没有给表姨弄上南瓜吃，这使老王感到十分遗憾。

喉炎

老王患了喉炎，一连两个月在各种场合不说话。

于是人们普遍反映老王成熟了，高明了，谦虚了，有两下子了，高深莫测了。

接下来老王喉炎好了，他仍然坚持不说话。

于是大家普遍反映老王对许多事情有看法有保留，表现了伟大的孤独，表现了孤独的伟大，表现了深刻的片面乃至全面，以及片面的乃至全面的深刻。还说他老王深得老子辩者不言、言者不辩的精髓，深得惠能、王国维、陈寅恪、福柯和马尔库塞的传承，等等。

有一次，梦中老王说："你知道吗？煮鸡蛋有十四种吃法。"

家人透露了这个消息，各大传媒报道了这个消息，于是老王的学生倡议组织一个"煮鸡蛋吃法学术研究常设辅导委员会"。这个机构一直在报批中。

又过了几年，老王渐渐不习惯说话了。

于是人们普遍断定，老王自己也坚决认定：他老人家得了老年痴呆症了。

失物

老王有时候希望能有这么一天，每个人都找到他或她曾经丢失过的东西。

没有比这个想法更令人激动的了：小学三年级他丢过一个画有飞马的铅笔盒；上初中时他丢过一本精美的画书；高中时他丢过配戴的第一副眼镜；后来他丢过一杆大金星钢笔，好几辆自行车，一条游泳裤，自备的彩色海绵乒乓球拍，无数顶各式帽子和雨伞，各种钥匙，各种皮夹和钱。最稀奇的是，在一次奇妙的遭遇之后，他丢失了最最不该丢失的东西。

如果一切丢失了的东西都能回来，那一天，老王也就不会在人间了。

秋与夏

老王发表感想说,从前,他最喜欢的季节是秋天,秋高气爽,头脑清晰,果实成熟,植被斑斓,治学求知,事半功倍,读书散步旅行回忆思考励志感怀……无不相宜。

他引用名人名例说,俄罗斯伟大诗人普希金最喜欢的就是秋天,许多文艺大家都是秋天出生的。

而现在,老了老了,老王更喜欢的是夏天,草木葱郁,鸟虫欢腾,雷雨云电,红霞彩虹,生命舒展,血液沸腾,尽情畅快,脸色彤彤,衣裳甚少,脚步甚轻,弹琴长啸,如虎如龙,风、雨、日光,浴遍身心,天人合一,天下太平……呜呼,从喜秋而恋夏,不亦宜乎!

同伴说:"那是因为你们家安装了海尔或海信或春兰牌空调。"

老王没了脾气,人文精神失落到这步田地,您还说什么呢?

误记

有一个晚宴是安排在星期四晚上的，老王记成星期五了，等他到场，才知道头一天晚宴已经举行过了。他知道后一面叹息自己"老了老了"，一面庆幸记错了倒也不赖，不用费多少时间多少牙口就算是来吃过了，又不是故意不来，没有什么对不起老友或者不尊重晚宴的组织者的。

有一个展览本来是在甲美术馆的，老王记错了，届时到了乙展览馆，到了乙展览馆遍寻各处，也没有找到老王需要参观的那个展览。弄清是怎么回事后，老王一面叹息自己"老了老了"，一面正好看了看乙展览馆正在展出的一些展品，心里反而轻松得很。

老王见人就说自己已是老年痴呆症初期了，但是人们不信。

相反，一般人认为老王是愈来愈成熟，愈来愈有道行，愈来愈有境界，愈来愈有"派"了。甚至传出一种说法，说是老王已经成了精啦。

智慧

老王退休以后，时有空闲，便也下起象棋来。他是逢棋必输，百战百败。然而，当他观别人之战的时候，常常是一目了然，洞悉全局，胸有成竹，妙着儿出人意料。他还是很自重的，一般观棋不语，颇显深沉。但也有些时候，两人下棋变成两组对阵，双方各有一组人帮着"支着儿"，七嘴八舌，煞是透明开放。遇到这种情况，老王只要略略一点拨，定然使本方化险为夷，转败为胜。听过他"支着儿"的人对他五体投地，和他下过棋的人对他嗤之以鼻。

老王思前想后，不明就里：此之谓"当局者迷，旁观者清"乎？此之谓说易行难乎？此说明他老王只能当幕僚不能当首长乎？此说明他老王是思想者不是实行者乎？此说明他下起棋来患得患失，思想包袱太重，影响了正常发挥，而支起着来天马行空，智慧超常乎？

后来他终于发现了一点秘密：给别人支着儿时，支臭了的也并非没有，但臭着儿一支，立即被众人耻笑否定，作为罢论，别人便不放在心上，自己也就忘了。而给人给己留下深刻印象的即留下记录的都是好着儿妙着儿奇着儿绝着儿。慢慢地，由不得你不相信，他自己也愈来愈觉得自己智慧非凡了。

智慧

宇宙

老王在一个场合听到一些能人在讨论宇宙。

老李说:"宇宙其实是一个相对的概念,就是说,我们所面对的宇宙其实也就是非宇宙反宇宙。我们完全可以另行设计一个宇宙,使我们的新宇宙更完美,更理想,更光明,更圆润,更通畅,更和谐,而最最重要的是更自然。不要做自寻烦恼的蠢事,不要做自作聪明的笨伯!"

老李的发言博得了热烈的掌声。

老吕说:"很显然,当上帝——也就是大自然,也就是超验,也就是形而上——开始宇宙运行的时候犯了一个错误,为什么它没有把循环的原则贯彻到底呢?要知道,人的一切消耗都是大自然的另一种形式的收益,大便就是土地的黄金,废气就是运动的能源,灰烬经过日晒应该成为生命,死后再经过与死者的阳寿相同的年头死者自然复活,这么多合理的秩序,为什么没有成功?我们应该怎样去纠正它们呢?"

老吕的发言引发了深刻的思考。

老姚说:"我们必须从根本上解决宇宙的问题。就是说,必须从本源上、从宇宙诞生的那一刹那开始新的整合。也就是说,我们必须把现有的不合理的宇宙炸掉,然后重新设计和制作一个崭新的宇宙!"

这个那个地说了一顿，会议主席要求老王发言，老王说："我五体投地啦。"

名衔

老王连续做着怪梦。第一天梦见自己被称呼为王局长了，走到哪儿都听到人家叫自己局长。他是又喜又愧，好模好样的一个人，又没当上局长，怎么能起个名字叫局长呢，不是丢人还能是什么？

第二夜改叫王博士了，走到哪儿都有人叫王博士。也许他真的是博士？局长当不上还当不上博士吗？如今阿猫阿狗都当了博士，他也许确实被承认了博士学位吧？活一辈子，别的做不成还不过一把博士瘾？

直到第三天早晨，还有点飘飘然，老王者，王博士也。

第三夜梦见改名王老板，虽然俗点，叫声老板也不难听。

第四天梦见改名王主任，第五天梦见改名王老师，第六天改名王教授，第七天改名王大人、王半仙、王天才、王昆仑、王大师、王大帅、王教主、王掌门人、王铁口、王彼得、王靓仔……

后来又改名王二小、王大傻、王八蛋、王八羔子、王花子、王非典、王艾滋、王蝎子、王毒蛇、王二百五、王十三点、王二杆子……

老王打算把余生放在研究自己的名衔的可能性上了。

颠倒

老王过去很喜欢用"感动"一词,听了领导讲话就表态,"我今天很感动"呀什么的。

最近,他新学会了"动感"一词,觉得很有新意,很有现代感与后现代动感的潮意。

敢情一个词颠倒一下就气象一新。

他于是试验起词语颠倒来,他觉得说"法律"太老套,便说"律法"。他不说"完善法律",而说要完善"律法系体",说得好些朋友乃至专家翻眼。

他不再说"爱情",改说"情爱";不说"人民",改说"民人";不说"素质"而说"质素";不说"天空上有几片白云"而说"空天上飘着云白";不说"餐馆"而说"馆餐";不说"依靠"而说"靠依";不说"资源"而说"源资";不说自己"退休"了而说自己"休退"了;最惊人的是他竟然把"每天喝牛奶"说成"每天饮奶牛"。

周围的人都觉得老王的学问突然高深了,还有的警告王太太,老王最近"酷"得可以,需要严防死守,提高警惕。

我每天饮奶牛⋯

颠倒

等待

几个老友聚在一起,讨论一个问题:"人生是什么?"

第一个人说:"人生就是奋斗。"

第二个人说:"人生就是麻烦。"

第三个人说:"人生就是奉献,奉献就是幸福。"

第四个人说:"人生就是受苦。"

第五个说:"人生如梦。"

第六个说:"人生如戏。"

第七个说:"人生什么都不是。"他补充说:"你要是知道了人生是什么,你也就没有人生了。"

第八个说:"有多少人就有多少人生。人生不同,各如其面。"

众人点头称是,觉得个个都活了七十啷当岁,都有了点沧桑,也对人生真谛有了点体味了,至少是自以为懂了点事情了。

只有老王不说话,大家便催老王说。

老王说:"人生就是等待。"

大家问:"等待什么?"

老王不言语。

大家催问:"说呀,问你哪,到底等待什么呢?"

老王说:"刚才,你们等待我的见解;现在呢,你们等待我的回答。"

镜头

许多年前老王梦见一个电影镜头：一对靓女俊男搂在一起跳交际舞，突然，自天而降的杀手将手中钢刃向俊男抛去，与此同时，枪声响起……于是梦醒，前因后果俱不可知，但觉心怦怦然。

三年前老王一次无事打开了电视机，什么台什么频道没有注意，忽然，似曾相识，电视屏幕上出现了一个镜头：一对靓女俊男搂在一起跳探戈，其状令人魂销，忽然，一名杀手自天而降，钢刃寒光闪闪，向——竟是向那裸背女郎刺去。老王大惊，此时突然停电，老王不知这是一部什么电影，不知其前因后果，但觉怅然。

又过了几年，老王又是在极度无聊的情况下打开了电视机，一眼又看到了似曾相识的镜头：一对极性感美丽的男女跳着贴面舞，温柔缱绻，令人陶醉，突然，黑影中飞出一名刺客，手执钢刀，向二人刺去……这时枪声响了，这时改为"盖中盖"广告，这时门铃大作，有贵客，是机关新任首长前来送温暖了，他只好关掉电视机。他未能继续把片子看下去，他不知道前因后果。

又一次又一次……

老王觉得纳闷。谁能不纳闷呢？他看的是同一部片子吗？为什么既看不见开头也看不见结尾呢？谁能告诉他这影片的前因后果呢？

心算

老王睡不着觉的时候，喜欢做一些心算。比如19加99，他立刻告诉自己是118，原因是99加1是100，而那边的19减去1后是18，100+18=？这还用问吗？心算的秘诀就在于把一个艰难的提问变成两三个白痴的提问。他扬扬得意：瞧，我都七十的人啦还会心算。就是说，我还会化难题为白痴问题，这可是看家的本领啊。

这一天他失眠得厉害，便大做心算题，55的平方是多少？立方是多少？8次方是多少？123456789加987654321是多少？再乘44%是多少？……越做越兴奋，越做越睡不着，越做越觉得自己的能耐与白痴毫无二致。做来做去，眼看凌晨两点多了，老王头昏眼花，天旋地转。不行了不行了，心算能力过强者，不祥！

那么3加5等于几呢？

天啊，3+5=？我怎么也弄不清了。

3+5=3？ =6？ =7？ =8？ =110？

不对不对，我怎么这样糊涂哇！

老王恍然大悟，此乃境界也，返璞归真，赤子婴孩，万象归一，调节身心了呀。我有……一言君记取，身心得失不由天……老王大喜，含笑入睡，翩翩化蝶……不知东方之既白。

结尾

十年前老王看过一部香港功夫片,可惜只看了五分之四就因急事先走了。当时的情节正是如火如荼,扣人心弦,一连许多天他都在为影片中的人物命运而担心,而纳闷,而焦躁不安。他想再补看一遍,然而片子不再公演了。

十年后老王得到一个机会重新看这部影片。他是在一家豪华影厅看这部旧片子的,坐在大沙发上,他很得意,他甚至产生了一种天助我也、上天不负我也的满意至极的感觉。

但这次他愈看愈觉得影片虚假,故事不合情理,表演矫揉造作,拍摄粗糙不堪,尤其是看了结尾以后,他愤怒而且恶心,难道有这样胡编乱造、草草收兵的破电影吗?

怪病

老王最近出现了一种自我悖逆现象:他想喝茶吧,一定去倒矿泉水;他想喝矿泉水吧,可能去打开啤酒或者冲一杯速溶咖啡,反正绝不喝矿泉水;他想吃包子吧,就说要吃米饭;想吃鸡蛋吧,就说想吃豆角;想吃咸菜就去吃糖球;想吃甜食就去买辣椒酱。

后来发展到,想接的电话一定不接;想对妻子表示爱情就与妻子无端吵嘴;想给孩子钱就跟孩子要钱;想看电视就把电视的电源断掉;想起床就赖在床上不起;想睡觉就满屋跑圈。

他很害怕,相信自己是得了一种怪病。他应该到医院看看医生,便把公费医疗证撕了。

半年后,他觉得已经习惯了,摆脱了医疗的愿望,摆脱了对自己究竟需要什么的考问。本来嘛,谁能肯定自己到底需要的是什么,不想要的又是什么呢?也许你最不想做的正是你最想做的呢!想怎么怎么着不就是不想怎么怎么着吗?一念之差既除,他的身心更健康了。

是他

老王与妻儿一起看一部悲情影片。老王说这部影片的男主角长得特别像葛优，妻子与孩子都反对，说葛优是喜剧演员而这部片子是悲剧，葛优是长脸而这个演员是方脸，葛优眼睛小而这名演员眼睛大，等等，二人并无任何共同之处。

老王急了，他坚持说这部片子的主角不但像葛优而且干脆就是葛优。老婆孩子哈哈大笑，认为老王脑子出了毛病。他们找了报刊上的资料来证明该演员不姓葛也不叫优。

老王更急了，他摔了一把价值数千元的紫砂茶壶，表示宁死也不相信那个演员不是葛优。

看他急成了那个样子，妻子孩子都承认他就是葛优了。

然后妻子与孩子相互做了一个鬼脸。

患病

不知道怎么回事,老王患病的消息传出去了。

而老王的人缘极佳,亲朋好友、街坊四邻、小贩民警、保安物业各色人等,见老王就问:"您老可觉得清楚点啦?""王老,您现在知道一加二等于几了吗?""王老,您现在还是觉得什么什么的都没有办法吗?""王老,您现在吃什么药?听说电针麻醉挺管用的。""王老,您现在心里爽点了吧?"

老王心觉有异,知道是自身出了毛病,便去了医院。医生说他的病尚属初期,与现代社会的竞争激烈有关,也与环境污染有关,还与春季到了动物发情期有关,给他开了点小白药片,并说药系德意志联邦共和国进口,不能报销。同时建议病人积极配合,多参加社区健康向上的学习活动,改变消极落后的陋习。

老王对医嘱是说一不二的,经过一段时间的努力,他的病完全好了。他积极乐观地想,想不到平庸至极的我老王,老了老了还能得一次时髦的病,看来自己是有慧根的喽。为了怕再多吃价格不菲的药片,他没敢透露自己的暗中得意之情,只能没事偷着乐。

潇洒

老王到著名新晋艺术家老辛家去做客,并在老辛家过了一夜。

第二天起床时老王发现自己的袜子只剩下了一只,床上床下屋里屋外地找,再也找不着另一只袜子了。

老王赞叹说世界真奇妙真神秘真深邃真高深莫测呀。老王慨叹人类真渺小真傻帽真无知真荒谬呀。老王觉得自己想得很畅快,便只穿上一只袜子,然后穿上皮鞋,与老辛一道看后现代画展去了。

是老辛的孙子首先发现了老王一只脚穿袜子另一只脚打赤脚的。小孙子没有人照看,又耍赖不肯上幼儿园,只好由爷爷领着去看后现代画。小孙子看不懂后现代,却看出了老王的脚的有趣。

接下来这个故事传播开来,老王所有的朋友都说老王很潇洒,甚至有人说老王很后现代。

潇洒

潇洒（又一）

老王最近突然喜欢起意大利拿玻里歌曲来，每天晚饭前后都要引吭高歌一阵子。

老王的邻居是音乐学院的声乐教授，他友好地对老王说："王兄，您喜爱唱歌真是一件好事情，问题是无论如何您得先练一练音阶，多来米发你都唱不准，这样唱下去只怕把自己的家人与邻居的耳朵都唱坏啦。"

老王听后，十分羞愧，便不再唱了。

停了两个星期，老王觉得实在憋得慌，便继续唱，不管唱得如何跑调如何难听都照唱不误。

老伴劝他："要不你就别唱啦，群众反映不好。"

老王突然大怒，振振有词地说："我自唱我的，管别人的反映做甚！"

老伴说："你脸皮太厚了！"

老王说："我这是潇洒！"

记忆

老王向自己的朋友夸耀自己的记忆力,他拿起一张报纸,看一段商业广告,十秒钟后,老王宣布他已经背下来了。

老王背诵的那一段是:"滋阴壮阳,益肝补肾,明目利聪,安神养颜,疗效好,无激素,无副作用,价钱便宜,服用方便,无异味,男女通用,老幼咸宜,居家旅行,无不受到热烈欢迎,举世公认,内外赞扬,它就是您最好的选择。"老王背诵得抑扬顿挫,铿锵响亮,有板有眼,朋友们为之大鼓掌大喝彩焉。

于是老王的速背速诵变成了朋友联欢会的一个保留节目,老王背诵的广告词愈来愈多,他的记忆力也受到了"举世公认,内外赞扬"了。

他回家后,吃饭的时候也常常背诵起壮阳药的广告词,睡觉的时候也常常背诵起家电产品的广告词,有时候他学着成龙的声音大叫"真功夫",有时候学着李连杰的声音大喊"步步高",有时候学着李默然说什么"三九胃泰",有时候又学着巩俐用假嗓喊着"野力干红",有时候背诵广告词整整一夜,谁也制止不住。

终于,老王的老伴把老王送到了安定医院,给他服用了一个月的加强大脑皮层抑制作用的氯丙嗪类药物,他好不容易忘掉了那些胡说八道的广告词。

老王终于明白了,健康的记忆力应该包括忘却力。他的这个观点受到了普遍重视和欢迎,有人甚至夸张地说这是上一个世纪华人哲学的重要成果之一。但从此老王的记忆力也就一天不如一天了。

纪录

老王看体育台播放的国际短跑大赛,运动员的跑速令老王大吃一惊,怎么比摩托车还快呢?

在老王的青年时代,百米赛跑的世界纪录是十秒二,这个纪录好像保持了几十年。那个时候曾经有人提出,十秒是一百米的速度极限。

而现在只需要九秒多了。

那么,一百年后,那时候的运动员们身体更好,营养更完美,训练更科学,动作更精确,技术更出神入化,也许那个时候,短跑运动员只需要八秒就跑完百米了。

再过五百年呢?那时候的奥林匹克纪录会不会是两秒跑完百米全程呢?那时候的人是不是就变成火箭、变成子弹了呢?

老王提出这个问题来,使所有听到的人都觉得愚蠢,可笑,杞人忧天,缺乏常识。特别是读过米兰·昆德拉的人,赶紧引用名人名言:"人类一思考,上帝就发笑……"

人们劝导老王:"您没事待着不就结了?"

打岔

老王有一长辈亲戚,年高德劭,鹤发童颜,威严慈爱,堪称人瑞。只是此老有一点重听,用俗话说就是爱打岔。

一次老王去看望他,问安道:"您老可好?"

此老答曰:"不必了,天一天天暖和,不用买新棉袄了。"

问:"您老看上去真硬朗呀。"

答:"小孩尿床?别着急,也别打屁股,长大点自然就好了。"

问:"您可真有神气呀!"

答:"还哭泣个什么,一百多岁的人啦,眼泪早哭干啦。"

问:"我给您带了点洋参虫草蜂王精来。"

答:"什么猪八戒、孙悟空、盘丝洞、狐狸精的,我都忘啦。"

问:"我走了,下回再来看您。"

答:"嗬,你不走啦,不走干吗?我一个老帮菜,跟我在一块儿有什么意思!"

混乱

随着年龄渐增,老王的睡眠渐渐不如过去香甜了。

但是老王酷爱睡眠,并且深信睡眠是健康之本,智力之本,修养之本,美德之本。一个喜好睡眠的人不容易着急;一个喜爱睡眠的人不可能纵欲腐败——小蜜二奶;一个坚持日睡眠八小时以上的人,看问题不会太片面,不会走极端,不会成为动乱的因素而多半会是团结安定的分子……

他总结了学习了许多促进入睡和抵制失眠的方法,睡前烫脚,睡前吃酸奶,睡前深呼吸,晚餐喝啤酒……

仍然有时睡不着觉,他便故意把自己的思路搞乱:例如他去想童年,想起了姥姥……他立刻从姥姥想起纸片,从纸片想起风;风,然后嘘;嘘,然后花;花,然后云彩;云彩,然后混蛋;混蛋,然后干杯;干杯,然后嗯哼嗡乓吧杀,掉到天上去了……

然后睡着了呗。

退休

老王有机会与一位新退休了的老特级厨师见面,他没话找话,便问:"您是不是退了仍然犯瘾,老是想着下厨房呀?"

老师傅说:"谁说的?算了吧,我才没瘾呢,做了一辈子饭,把我的肺都熏黑了。我再也不下厨房了,在家里我也是只吃现成的。"

他知道这位老师傅誉满神州,炊技出神入化,听了此言不由叹息,想:"难矣哉,使劳动成为乐生的第一要素也。"

过了些天,他又碰到另一位新退休的特级大厨师。他没有问什么,大厨师说:"唉,老王呀,我现在朝思暮想的就是做饭呀,做起饭来我就真来精神呀!"

老王问行家,这两位大师傅谁的炊艺好。大家一致认为,难分轩轾,两人同样好。

退休

电器

老王常常到电器修理部去修理电器,下面是他与修理工的谈话。

对不起,我新买的节能灯泡根本不亮。
这不好好的?也许您压根儿没启动电源,按下这个键就好了。

您看,我的电脑老是死机。
没有,您的电脑工作正常,您是怎么操作的?什么,您怎么连左右鼠标的用法都不知道?

您看,我的 CD 盘只有一边的耳机有声音。
噢,您买的是盗版音碟,压根儿就没有立体声。

您看,我的电话机说是能显示对方电话号码的,结果买到家里,根本显示不出来。
您没到电话局申请和缴纳有关费用,怎么可能使用这种功能呢?别忘了,去的时候带上居民身份证。

您看,我的传真机不收来件了。

没有任何问题,是您把纸卷安装反了,热敏层是在另一面。

您看,我的收音机根本不响了。

什么?您这收音机是哪一年出品的啊,那时候我还没出生呢……早该淘汰了。

……老王想,是该淘汰了呀。

缺氧

表嫂是位心直口快的人，一贯主持公道，自然对老王的评估也是恰如其分的。比如说老王的生活是离不开学习的，说得千真万确。

有一回，老王的妻子得了重病，昏迷不醒，亲朋好友都在病房陪同。老王图清静，自己躲在一边看书，那是全神贯注的。妻子在经过一段治疗后突然醒了："老王，老王！"她声音微弱地呼叫着。亲友说：老王在这里，在这儿。当亲友们再次呼喊老王时，老王忙不迭地走到妻子跟前，看到妻子面颊上的两滴泪珠，忙问：你怎么了？醒了好，这是好事。

妻子出院后，不免就跟表嫂诉说自己的委屈。表嫂听了开朗地大笑，然后立刻又严肃地批评了她："你一辈子就是分不清好和坏，分不清优点和缺点，人家老王爱学习，是优点，不是缺点，你明白了吗？"

妻子与老王谈起与表嫂的谈话，老王很谦虚，不认为自己有什么优点。他自己承认，他有时候精神恍惚，说可能与大脑缺氧有关，又说与空气污染有关。

神秘

原来觉得太空很神秘,后来加加林上去了,没什么神秘的了。

原来觉得月亮很神秘,后来美国人上去了,传回来了月球表面的照片,不神秘了。

原来觉得火星很神秘,现在好几个仪器在上头工作,传回来的照片跟新疆的戈壁滩也差不多,不那么神秘了。

原来觉得爱情很神秘,后来有了弗洛伊德学说,没啥神秘了。

原来觉得社会发展很神秘,后来学了许多理论,掌握了社会发展规律,不神秘了。

原来觉得革命很神秘,后来革命发生了,成功了,前进了,挫折了,总结历史经验了,与时俱进了,没有什么神秘的了。

原来觉得死亡很神秘,后来许多亲属、许多故旧去世了,也就是这样的了。

老王向着夜空发问:神秘啊,你到底在哪里?我追寻你,我期待你,我爱你!

空白

老王的侄女晓文与新婚丈夫亲亲密密,恩恩爱爱,形影不离。

一天晓文的丈夫突然接到边陲小城的邀请信,是研讨保险在小城的实施办法的。临行前他俩依依不舍,泪流满面。晓文的丈夫告别说:我很快会回来的,三天的会,一天的游览,第五天就到家了。而且他们还商定隔一天通一次电话。

晓文的丈夫在到达目的地的当天就给晓文来电话了,但是没留自己的电话号码。晓文正要问那边的电话,那边的电话就挂上了。两天后,又来电话了,晓文丈夫说话时显出一种不耐烦的口气,他现在的电话还是问不出来,只好挂上电话。以后的日子,晓文只能等待电话。盼啊!盼啊!总是接不到电话。她急得无法就去找老王诉苦。老王说人家是出差有工作的,也可能忙得顾不上。

晓文掐着手指算,第五天、第六天……直到第三十天时,她的丈夫回来了。

晓文抱着丈夫大哭,你怎么了?可把我急死了!她的丈夫目光痴呆,说:没怎么啊。

从此,他们二人之间有了隔阂,有了猜疑。后来过了许久,晓文没有发现丈夫有什么问题,也就慢慢忘记了此事。

又过了许多年,一次晓文问起此事,丈夫的面孔又呈现了痴呆的表情,令她感到了永恒的空白。

是的,空白是永远的。

星星

近来,每天晚上,老王都注视着那一颗最亮最亮的星星。人们说那是金星。

金星真美丽!

老王不明白,为什么叫金星呢?叫"金"是多么俗气呀。如果不叫金星而叫……叫什么好呢?

比如叫孤独星?抵抗星?思想者星?寂迷蓝一星?或者无语星?同性爱星?弱势星?陌生星?……

星啊,你为什么待在那么远的地方?

星啊,你和日月有交流吗?你和别的星星有来往吗?

星啊,你没有生命,没有思想,没有感情,你为什么那样美丽动人呢?我为什么看见你会感动得泪流满面呢?

星星

电视剧

老王偶然被一部电视连续剧所吸引,便看了起来。这是一部爱情悲剧片,写一个歌剧演员的爱情,他看了几次觉得相当精彩。他检讨自己,对电视连续剧偏见太深,原来我国有这么好的电视连续剧!

于是老王晚上有了活儿干,每天晚餐才过,他就做好准备,等待爱情剧的播出。

老王太太受了老王的影响,也陪同一起观看。两人一面看一面评头论足,亦赞亦叹,交流感受,增进了老王家庭的和睦温馨气氛。

谁知道,爱情剧播着播着就出了岔,横生枝节,拖拖沓沓,忽冷忽热,矫揉造作,不合情理,任意编撰,使老王一面看一面骂,大呼上当不已。

老王太太便说:"这几集是编得不好,但也不要一面看一面骂。你这样骂,让别人怎么看下去呢?"

老王只好忍气吞声地继续看。干脆不看吧,前面已经看了十几集了,已经用了十几个晚上了,现在起码想知道一下结尾,想知道几个神经病主人公的感情归宿,中途罢看,太不甘心了。继续看吧,又眼看着导演演员用假冒伪劣在那儿押时间。老王看这样的电视剧,有一种被强奸的感觉;不看这样的电视剧,有一种被腰斩的感觉。

老王唉声叹气,说是看电视剧犹如择偶,一定要慎重选择,争取从一而终。一旦上了贼船,下来并非易事。

老王太太大怒,说老王是指桑骂槐,声东击西,别有用心,是可忍孰不可忍!

火星

说是这几天是火星离地球最近的日子,这样的近距离,六万年才发生一次。

老王想起来了,在一九五七年也报道过,说是地球靠近火星了,也是六万年才有一次的机会。他记得当时有一位著名诗人,还写了一首以火星与地球相会为题材的爱情诗。多么美丽的六万年一次的靠拢呀!

原来,有许多机会,人总是能够得到几万年才有一次的机遇。

岂止六万年,你有你的机遇,我有我的机遇,在无限万年中,只有一次。

或者,是不是从一九五七年到二〇〇三年,时间已经过去了六万年?

中彩

老王梦到自己中了头彩,他赢得了一百万元、一千万元、一亿元、十亿元、一百亿元……之类。

老王醒来后陷入了深思:我是梦见中彩了吗?我梦到了多少彩金呢?一万?不可能,不能这样少。于是十倍十倍地增加,一直加到了一百亿元。

不可能这样多,于是十倍十倍地减少,一直减少到了一万元。

如果我真的中了这么多彩,我怎么办?去澳大利亚旅游?买大三居新房?给孩子们分?捐给希望工程?

想了一天,夜间又做起了中彩的梦,梦中得到了一个秘密号码,说是如果选择这个号码的彩票,就一定能中特等奖。

醒了以后再考虑:真的?假的?穷疯啦?需要看心理医生?有一种超自然的、人们还不能理解、现代科学也无法解释的秘密与神奇?五天中连续做买彩票中奖的梦,他真的害怕了,就悄悄打了一个"的",去精神健康医院挂了专家号。他排了半天队,终于轮到叫他的门诊号了,他突然发现,他的门诊号就是梦中透露的那张笃定中彩的彩票的秘密号码。

他犹豫了,赶快找医生看病,还是赶快跑掉不看呢?

望星

老王到火洲吐鲁番去，那里的夏季最高气温是四十七摄氏度。到了夜晚，大家都露天睡觉。老王也躺在露天铺下的枕席上面，但是他睡不着。

他是戴近视眼镜的，一摘眼镜，他就觉得漫天星斗活动起来了，各自改变着自己的形状，交头接耳，蠢蠢欲动。

它们怎么不踏踏实实地待着呢？它们会不会闹矛盾？它们会不会策划什么事端？它们会不会互相揪住不放直到落下来？它们会不会不喜欢他睡觉，会不会给他输入一个噩梦怪梦？它们是不是在吹冷气冷风？

他一夜无眠，但也不肯搬回房间，一是怕人笑话，一是怕错过了星星在夜深人静以后的低语，他坚信星星有什么话要告诉他。

星星到底告诉过老王什么呢？如果你问老王，老王是不会告诉你的。

美男

老王评论一个名流男子曰：

这个人真帅！

什么？听者不解。

老王解释说，这个人的疤癞眼很难看，这个人的酒糟鼻很难看，这个人的倭瓜脸很难看，这个人的薄唇嘴很难看……总而言之，这个人分开来看是一无可取，可是，只要他往那儿那么一站，你就觉得他是一个美男子！

大家都说老王别具慧眼。

丢星

老王近来发现，天上少了一颗星星。那颗星星不太亮，形状特殊，有点像蝌蚪。

他问家人，家人都说不知道这颗星星。

他问邻居，邻居说没有注意过这样的星星。

他打电话到天文台，天文台值班人员说，老王的叙述与描绘不符合起码的天文常识，无法代为查找。

他问110和120，报警台警告老王不要妨碍警务与急救事务的正常运作，并要求老王报告自己的工作单位与身份证号码。

老王不开心。

闻者哈哈大笑，说老王吃饱了撑的。

一年以后，老王找到了那颗失去了的星。他给别人讲，别人更不想听了，想听的人也否认那颗星是蝌蚪形，而说那是长方形、瓜子形、六角形、桃形……什么形都行，反正不是蝌蚪形。最后一致意见是那颗星或者根本不存在，或者存在，但根本没有丢。

老王想，过去，有杞人忧天，现在，有老王忧星了。

但老王仍然是为每一颗确实丢失了的或者暂时找不着的星星而忧虑。老王愈来愈忧虑了。

办法

老王又得到了一张闵惠芬拉的二胡曲《二泉映月》CD。他听了好几遍,听得老泪纵横。

老伴问他怎么了。老王说:"听了《二泉映月》,我是一点办法都没有了。"老伴不懂老王的话,便说给孩子们听。孩子们也觉得蹊跷,便再与老王讨论《二泉映月》的问题,老王坚持说:"我没有办法啊,我没有办法!"

孩子们神态严肃地劝导妈妈,对爸爸要和善一点,爸爸看样子老了老了得了点病,是不是因为妈妈太能干爸爸感到压抑了?

女儿去试探爸爸的神经正常度,问道:"唉,您说一加二等于几来着?"老王想不到闺女三十多了还来撒娇,便嗲嗲地回答说:"等于一呗!"女儿变了颜色。

儿子不信,便径直找爸爸去问:"您说,爸爸,《二泉映月》的作曲者是谁?"老王流着泪说:"那就是我,那就是我。"

儿子不死心,接着问:"那么,这首二胡曲的演奏者又是哪一个?"老王抢答道:"当然还是我,那还是我。"

儿子一阵头晕,坐到了地上。

办法

阵雨

天气预报次日有阵雨。

可老王第二天想逛公园。他生性极尊重天气预报，便从头天早晨到次日中午一次次问天气预报。不论是121，96221，还是新浪网或搜狐网，都严正说明，这天天气的特点是阵雨。

或曰：再等一天不结啦，次日的次日再去不就得了吗？又不是过了这个村没有这个店。

老王一生在与领导、与社会、与同人的关系上性如面团，无可无不可，但在只与自身有关的事情上刚愎自用，孤家寡人。他的逻辑是：我一辈子没有自行决定过事情，难道何时逛公园还要看别人的脸色不成？

屡问屡说有阵雨，老伴劝完了孩子劝，老王突然发了火，悲壮地、决绝地不拿雨具，一个人毅然向公园走去，有一种英勇就义的劲儿。

晴空万里，公园里人多如蚁如潮。老王疑惑了，也许今天没有阵雨？

就在这时，飘来几片巴掌大的乌云，下了不多不少几十滴雨，其中，有三滴滴到了老王头上。

什么？阵雨来了？要不要赶快回家？要不要找一个地方避雨？

就在这样想的时候，天气放晴，阳光普照，万木葱茏，一派初夏风光。老王才明白过来，阵雨已过，天气预报已经应验。

他哈哈大笑。

面生与面熟

七十岁以前,老王常常见到什么人想不起是谁来。在某个场合,一位老汉或者老妇走过来,叫一声"老王"……有时候还加上一句亲昵的"你这个家伙"!或者"哎哟,老伙计"!或者"我可找到你啦"!(老王马上想起了样板戏《红灯记》里的台词:"我是卖木梳的。""有桃木的吗?""有,要现钱。")

……然后就是:"你猜我是谁?什么?连我都不认识了?"

老王怎么看这个人的脸怎么生,您是谁呢?"兔子"?"科长"?胡同口卖花生米的小六子?派出所的老民警?同班的张大狗的二儿子的媳妇的表姐?都不像呀。

对不起,我看着您面生。得罪了人也没法子啦,老王看着谁都面生。

七十岁以后,老王渐渐看着谁都面熟了。对面过来一个罗锅儿:哎哟,这不是李大傻吗?

不是。

刚看了一个电视剧两分钟:哟,这不就是那个……《不要和生人谈情说爱》吗?

不是,这是法国片。

刚吃了一口馆子里做的菜:嘀,这不就是浙江菜吗?

不是,这是上海本邦菜。

刚听了五分钟讲演:咦,这个讲演我昨天刚听过呀,前天也听过呀,两年前就听过呀。

又错了,这是新上任的校长,而且是从驻外机构刚调过来的。

可我怎么觉得我认识您,和您是老相识,多次听过您的指教,也多次对您希望——失望——好感——讨厌过呢?

这篇文章我二十岁的时候就读过呀。

瞎说,这篇文章是日时新博士刚刚从英语稿翻译过来,而英语稿又是从葡萄牙语,葡萄牙语稿又是从斯瓦希里语……而最初是自什么什么天书翻译过来的呀。

……这个世界曾经看着面生、疏离、冷漠、刺激和神秘过。

而现在的一切都像天上的云、地上的风、树上的枝叶、母鸡下的蛋和公鸡的啼鸣……老觉着面熟、眼熟、耳熟,似曾相识,亲切得像故乡的小调,像吃了一辈子没换过样的早餐炸油饼。

鸣钟

老王家里有两座仿老式的挂钟,朋友送的,虽是电子石英驱动,外表却与拉锤摆的钟无异。到了整点,挂钟发出打钟的金属声音与弹簧松紧的噪音,几可乱真。

挂钟来到王家没几天,就被孩子关闭了打点功能。孩子说打钟的声音吵人,影响睡眠,而且,孩子说:"现在都什么年月了,谁家还用打点的钟呢?"

如此这般,老王想,倒也是,谁家的钟还打点呢?新时代的钟表,都是沉默如金嘛。

如此这般,这两只钟偃旗息鼓,一沉默就是十几年。

这天,老王太太突然灵机一动,说是为什么不打开钟鸣的功能呢?

当然了,能打点就打点吧,不能打点就永远沉默吧。

从此两钟恢复了打点,你打完我打,挺好听。家里多了响动,多了活气,多了音乐,多了时间流动的征候。

它们又能够发声能够歌唱了,它们憋了那么多年……老王想着想着不由得泪流满面。

鸣钟（续篇）

鸣钟每个整点打点，渐渐使老王习以为常了。

习以为常了，也就有点烦了。

特别是在睡眠不甚好的时候，听到当当的钟声，似乎增添了烦躁。

要不，我们再关闭这项功能？

当你动一动手指就可以关闭一项重要的功能的时候，你能禁得住去动这一下手指的诱惑吗？当你动一动手指就可以恢复一项重要的声响的时候，你能控制自己的解除某种东西、恢复某种东西的正义的冲动吗？

于是他和太太讨论起一个鸡生蛋蛋生鸡类的问题：是因为睡不好才听到了挂钟的鸣声，还是听到了挂钟的鸣声才睡不好的呢？

盼雨

入春以来,天气干旱炎热。老王偏偏对气候特别敏感,每天念念叨叨:怎么还不下雨呀?时令不正,又该流行 SARS 了吧?沙尘又该扬起来了吧?是不是这几年咱们发展得太快了,老天爷不乐意呀?

他默默祈祷:下雨吧,下雨吧,我老王一辈子只做善事,没有害过人,没有杀过猪、牛、羊以至于鸡,没有假报过敌情,没有钻营过、耍滑过、推托过,现在年逾七旬,只求老天爷下场雨,还不行吗?

他每天研究天气预报、观察云彩、掂量落日、揣摩朝霞,好几次都以为天可怜见,肯定有雨了,有几次气象台都预报降水概率百分之九十了,偏偏最后应验了那百分之十——没下。

于是老王也就麻木了,敢情没有雨人也得活着,敢情水源紧张人也得活着,敢情沙尘暴人也得过日子——不但过日子,还要发展壮大呢。

这一天夜间下了一夜雨,老王竟然连知道都不知道。后来又连连降雨,老王已经没有当初盼雨的那个心劲儿了。

盼雨

服装

老王的儿子好久不来了,说是出国做生意去了。这回回来,带了一件式样奇特的T恤衫,送给了老王。

老王穿了几天,觉得T恤衫有异味,便放入洗衣机浸洗一番,脱水晾干后再穿,又发现了某种味道……他叹息说,夏日伏天,空气中的水汽太多,衣服干不彻底,乃有霉味云云。

第二年,他又洗又穿,仍觉味道有异。忽然得到了灵感,说是某某国人就是有这种气味,想不到他们种植的棉麻,他们制造的化纤,也染上了此种气味……呜呼!

就在他对此衣渐生绝望之时,他穿该衫去了一趟远郊山区农村。只待了半天,他就发现,原有异味已经无存,恤衫纤维里发出的竟是青草香蒿与薄荷香气。

他回来一说,笑掉了听者的大牙。儿子嘲笑说,土啊,土啊,穿一件洋T恤衫,竟然引起了疑心病发作。

老王坚持说事实如此,苍天可鉴。

粽子

端午节快到了,老王去超市买了一批粽子。粽子个儿很小,包装得花花绿绿的,号称八宝粽子,包括豆沙馅、小枣馅、紫糯馅、火腿馅、朱古力馅等。老王胡乱各抓了一些,混合在一起,一大包拿到家里来了。

端午节那天一些老友前来,还有老王的孩子,大家一起吃粽子。由于品种混杂,在剥开粽叶以前,谁也不知道会吃到什么样的粽子。于是大家纷纷发牢骚和发表评论:本来江米小枣的粽子挺好的,胡乱弄这么多花样干什么?这就是五色伤眼目、五味伤口腹呀。又埋怨老王,人家卖粽子的地方各类粽子本来分得清清楚楚,你老王买的时候为什么弄了个大杂烩!这样,想吃什么吃不到什么,不想吃什么偏偏来了什么,这不是整人吗?还说那种加荤料带咸味的粽子是只有广东人才吃的,现在倒好,北京也卖上咸粽子了,这完全是港粤文化北伐的结果,是地方特色的丧失,是千篇一律的工业化信息化生活方式正在代替丰富多彩的香格里拉式的生活。这说明,不但全球化是可恶的,全国化也是不可取的:过去只有川剧有伴唱,现在倒好,什么剧都伴唱,《杜鹃山》也伴唱上了,这不和北京卖火腿粽子都是一样的问题嘛!

老王听了个头昏脑涨,乃一脸愧色、心虚气短地说:

"我只不过是想找个彩,想碰碰运气,看谁能吃到什么粽子罢了。要是你想吃什么就挑什么吃,那是不是更没有意思了呢?"

粽子（续篇）

端午节快到了，老王的女婿给老王送来了一大包粽子。老王很高兴。

老王到一个亲戚家去，带去了一些节礼，其中包括部分粽子。

到了亲戚家中，老王特别说粽子是女婿家制造，不是稻香村的，胜似稻香村的。老王展示了各种节礼，却怎么也找不到粽子了，搞得老王心跳气短，脑门上出汗。

他回到家，一切事放到脑后，拼命去找粽子。厨房内外、冰箱内外、柜橱内外、房顶房角，哪里都没有粽子。没有本打算给亲戚的粽子，也没找到本打算给自己留下的粽子。

总供给超过了总需求，你还能上哪儿找粽子去呢？

上午出门的时候接到一个推销床垫的电话，这个该死的电话弄丢了他的粽子！

不如干脆买个新床垫，代替女婿送的粽子。

然而，不合逻辑。

还是自己抠门儿造成的，要送人就应该送一整包嘛，分什么份儿？

是进了贼？是有了家贼？是健忘症？是老年痴呆？是上苍启示？是黄牌警告？是难得糊涂？是渐入佳境？

人们，我是爱你们的，你们要看护好自家的粽子啊！

粽子

哲学

老王的一位学哲学的朋友,听了老王关于抓彩与买粽子的关系的论述以后,陷入深思,继而激动万分,大加赞扬,说是老王的意见不但有高度的实践价值而且有高度的理论价值,说是老王的思想超前,说是老王的想法实际上是对现代化的缺失的颠覆与弥补。

哲学家朋友解释说:随着现代化的进程,什么什么都自觉化计划化科学化确定化数码化标准化了,做事有日程,吃饭有食谱,烹调、散步、打球、大便、睡眠都有定时,煮鸡蛋都用定时器了!讲话有讲稿,座次有名签,姓名按笔画,唱歌按五线谱,跳舞按国际标准,身份证、医疗证、护照、驾驶执照、电话、地址、信箱、银行存折、信用卡……一切的一切都有自己的编码。从播种到收获,从鸣炮到记者招待会,从训练到登月,从占领受挫到通过决议,从减肥到做爱,从提名到任命,从立案到判刑,从期货到现钱,从抢救到火化……都有科学程序,都有一条龙服务,都有步骤有要领有图表有指标。这样人便变成了程序的奴隶,生活变成了千篇一律的兑现与执行……这实际上是生活质量的降低!

哲学家认定,老王的实践与思想是对于偶然性、随机性、或然性、神秘性尤其是不确定性的召回,是对于冥冥中的神祇——如果你是无神论者就是对于无所不包的物质本源——的敬畏,是对于人的主体性的谦逊反思,是对于价值偏执价值排他价值单一与价值愚昧的一剂苦口良药,是对于当今后现代世界的一大贡献。老王如果努力,他的名字将与苏格拉底、康德、黑格尔、笛卡尔、罗素、杜威、海德格尔、福柯……一直到孔夫子和孙中山,孙冶方和顾准、陈寅恪、王国维、胡适、辜鸿铭、林语堂、鲁迅、钱锺书等并列在一起。

老王听完这一段哲学精义,两眼上翻,黑眼珠不见,白眼球僵滞,呼吸急促,满头冷汗,面无人色,周身痉挛……王太太大呼不好了,一面狠掐老王的人中,一面叫孩子赶紧给急救中心打电话。

哲学（又一）

老王愈想愈深，如果电子邮箱设立的主要目的是与病毒做斗争，那么组成社会的主要目的自然是与社会的病毒——犯罪分子斗争，教语文的主要任务是与语言文字的病毒——错别字与文理不通斗争，那么美国总统布什的主要任务也就是与他心目中的国际病毒——恐怖分子斗争。

那么活着的任务是与死亡斗争，执炊的任务是与饥饿斗争。那么斗争的任务便是与无所事事的丧失斗志现象做斗争。

他想起了哲学家朋友对自己的厚爱，他想他距离哲学是愈来愈近了。哲学的使命呢？

他想起了如下许多命题：

与不斗争的现象做不懈的斗争。

与愚昧做斗争。

与无知做斗争。

与无思想做斗争。

与自满自足做斗争。

与思维病毒做斗争。

与肥胖症做斗争……

天问

老王最近思索了大量玄学问题,大致如下:

是有了宇宙才有星球,还是有了星球人们才称之为宇宙?

是有生必然有死,无生也就无所谓死,还是有死必然有生,无死也就没有生的感觉和意义?

是因为有学问故而不合时宜,还是因为不合时宜才显出有学问的派来呢?

是说大话才有大境界,还是有了大境界必然说(不说?)(少说?)大话?

是好人才被怀疑为虚伪,还是因为虚伪才容易被认定是好人?

是有了名(或权、钱、背景……)才有了一切,还是有了一切必然会有名(权、钱)并自动成了自己与别人的背景呢?

是大家都去某地它才成了旅游点,还是由于它是旅游点所以大家都去?

空气潮热所以多雨乎,多雨所以潮热乎?

一个夏日的柳林池塘,是有蝉嘶蛙鸣所以清幽呢,还是没有蝉嘶蛙鸣会更清幽呢?

有了灯光城市才会美丽,有了月光原野才更神秘,有了星光天空才更灿烂,如果没有灯光月光星光,还有没有美丽、神秘、灿烂与黑暗的区分呢？

有了小说你才懂得爱情，还是有了思春才有了爱情小说呢？

都说是激流勇退最好，可是激流勇进呢？

成了人五人六所以受到特殊尊重乎，抑或受到特殊尊重所以成为人五人六乎？

因为书法写得好成为名家，还是因为已经是名家所以公认他的书法好乎？

因为是名牌所以质量有保证，因为有质量所以是名牌乎？

因为爱吃梨子所以熟知梨子的滋味，因为熟知梨子的滋味所以爱吃梨子乎？

因为赢了球所以精神状态好，因为精神状态好所以赢了球乎？

因为爱听音乐所以性格温柔，因为性格温柔所以爱听音乐乎？

因为睡得香才吃得好，因为吃得好才睡得香乎？

因为有点傻才写文章，因为写文章才有点傻乎？

因为弱才易受人同情，因为强才易受人尊敬乎？

因为是女性才好办事，因为是女性才不好办事乎？

因为嫉妒所以攻击他人，因为他人有可攻击之处才产生嫉妒心乎？

因为自己不灵了便干脆说大家都不灵，因为说出谁也不灵的事实所以自我感觉好了一些乎？

因为想消遣所以骂人，因为想骂人才掩饰说是为了消遣乎？

因为吃不上葡萄才说葡萄酸，还是因为吃多了葡萄才说葡萄不好吃乎？

因为一加二一定等于三，所以三就是一加二的别称，因为三本来就是一加一再加一，所以一加二必然等于三乎？

因为牢骚满腹所以显得清高，因为清高所以不屑于发牢骚乎？

人老了所以爱回忆过去，人没事老是回忆过去所以更容易老掉乎？

因为开花才一定会结果，因为需要结果才开花乎？

因为正确所以胜利，因为胜利所以正确乎？

是地位高了才威信（水平、学问、知名度等）高，还是什么什么都高了才地位高？

世界的（学术的、思想的、逻辑的、社会的、民族的、中东的与欧美的……）基本问题是鸡生蛋在先还是蛋生鸡在先，这样说是对的吗？

因为解决不了鸡生蛋和蛋生鸡的问题，所以才要活一辈子，因为还没死所以注定解决不了鸡生蛋和蛋生鸡的问题乎？

他老王是因为胡思乱想所以失眠，还是因为失眠所以胡思乱想呢？

人是因为失眠才显得出灵性，还是因为灵性太多所以失眠起来呢？

如果大智若愚、大辩若讷，那么白痴是不是看起来像天才，坏蛋看起来是不是像你我一样老实呢？如果人人都像你我一样老实，这个世界上还有什么动人心魄的好戏上演呢？

生活

经过抢救,老王终于脱险。太太批评他说:就咱们这个水平,不要和那些懂外语有学位出过国的哲学家来往,人家是什么人,咱们是什么人?人家是干什么的,咱们是干什么的?人家整天琢磨什么,咱们琢磨什么?你不扪心自问一下吗?

老王唯唯。

于是老王只忙于日常生活:买牛奶,买酸奶,买白菜,买猪肉,倒垃圾,接电源,扫地,擦玻璃,数钱票,吃肠溶阿司匹林,换卫生卷纸……

当人们议论起老王的时候,哲学家朋友叹道:"一个有慧根的人,一个有灵性的人,一个有见解的人,一个有希望的人,被平庸的日常生活磨损成了什么样子!"

照片

老王与爱人一起整理旧照片,所有的照片都令他惊叹:"哎呀,瞧那个时候多么年轻!""喂,你看,这一张多么漂亮!""呜咦,这是我吗?怎么会这么酷!""天啊,你那个时候还像个孩子!""啊,我旁边这个老李已经不在人间啦。"

所有的照片都令他牵心动肺,所有的照片又都令他漠然。照片能留下什么呢?再说,迄今他也没照过一张真正叫他满意的照片。

而他到旁人家里去,却看到人人都留下了最美丽的照片。他们可真神气真有远见啊,他想。

收藏

老王每天用在找物件上的时间很多。早晨起床,一看,袜子没了,找袜子。吃完早餐,准备给一位老朋友写回信,结果,原信找不到了,没有地址,信往哪里回呢?而等他读书的时间到了,他才知道,什么书都在原处,只有他正看得津津有味、读了一半的书找不到了。

还有找眼镜,找钢笔,找无绳电话,找老友的电话号码,找印章,找零钱,找旧照片,找安眠药和脚气药,找手绢,找订报收据,等等。

如果他空闲下来,他会不由得想到:我现在该找点什么了呢?

妻子教导他:"有用的东西,要放在一定的地方。"

老王长叹一声,说:"凡是我经意放好的东西,都找不到了;只有从来不认真放好的东西,才找得着呢。"

收藏

记性

老王发现自己的记性愈来愈差了：把礼拜五的约会记成了礼拜六，把老周记成了老刘，把去年的事记成了当年……后来，连自己家的电话号码也说错了，弄得要给他打电话的人怒气冲冲，还以为他是摆架子，成心害人。

一开始他很着急，后来他很悲哀，又过了一段，他忽然恍然大悟：有记忆就有忘记，没有忘记，谁受得了？忘记是背叛，什么不该记的都记住就不背叛啦？更麻烦！记忆没有选择怎么行？记忆应该有利于身心健康、学习进步、积极向上，这是起码的！记性不好了，这岂不更好？去他的吧，不该记的事全忘了，不想搭理的人全忘了，不想参加的活动全忘了，不想废话的事儿全忘了，一问三不知，神仙怪不得，自动消磁，自我保护，自动删除，保证内存有效空间，上哪儿找这样的好事去？

丢钱

老王在床头放了一张五十块钱的票子,过了几天,钱没有了。

老王问妻子,妻子没有见过。老王问儿子,儿子没有见过。老王问闺女,闺女表示绝对没有动过。

老王想问一下每天下午来搞卫生的小时工。妻子说,这样问,有怀疑人家小时工偷盗的意味,很不合适。宁愿不提任何理由要求家政服务公司换工人,也不可以问人家动钱了没有。

老王首肯,认为改革开放以来大家的文明程度确有提高。"可我的钱呢?"老王问道,声音里带着哭腔。

妻子火了:"你的钱?为什么是你的钱?既然是你的钱为什么不看管好?肯定是你自己花用了,又找别人无理取闹!"

老王冤枉,实在想不通。

老王开始失眠、噩梦、盗汗。家人渐渐看出,老爷子有点问题……老王终于想通了,五十块钱没了就没了吧,世界上弄不明晰的事情多了,五百亿、五万亿就更不清楚了。

老王的病渐渐好了,他也觉得自己更加老了一截子。

天气预报

老王爱看的报纸栏目就是天气预报。看完早报上的,他还要看晚报上的;看完小报上的,他还要看大报上的;看完电视上的,再听广播电台的;拨完每分钟付三角钱的121,他还要拨每分钟付一元五角钱的96221;听完四十八小时预报,再听节假日天气预报,再听一周天气预报;再拨26884000,他还闹不清要付多少钱。

他最痛恨的就是自己听着天气预报别人与他说话打搅他,为这,他与妻子孩子急过好几回。于是儿子说:"就让爸爸研究天气吧,倒也不妨碍公众,不妨碍家庭,不妨碍他人,比信邪教好,比吃摇头丸好,甚至比打麻将也好。"

但是自从清风徐来而友人以预报不准为由拒绝接受清风的抚摸,拒绝与他分享生命的快感以来,他突然再也不关心天气预报了。

他磨磨叨叨:"都是预报闹的呀,都是预报闹的呀,如果没有预报,唉!"一次儿子听到他磨叨,觉得爸爸真的太老了,流下了眼泪。太太则不明白:天气预报也不问了,怎么电话费还要缴那么多呢?

谁在唤我

老王假日到公园去玩,刚走近湖边就听到一声吆喝:"老王!"

老王连忙答应,然后东张西望,四处寻找,不见任何人有认他唤他之意。他问老伴,是不是刚才有人叫他。老伴确认,就是有人大喊了"老王"二字。

"看来姓王的确实很多,全国第一大姓嘛,而将姓王的叫作老王的比例就更大啦……"

但是老伴说她四下巡视,不像有任何人答应任何人,溯本求源,也不像有任何人呼唤了任何人,不论是此老王乎,还是彼老王乎……

后来走到一个亭子那儿,二老说是去坐一会儿歇息歇息,刚上台阶,又是一声极富感染力的女声的"老王"。

老王汲取了经验,不再大声回应,而是满脸堆笑四下搜寻。只见一女子在逗宠物小狗,一男青年正与女青年热吻,三中年女子摆姿势照相,未见有对他或对任何人备感兴趣的痕迹。

老王夫妇均感奇怪。老王分析,也可能是二人听力下降了吧?把什么"狗粮""保皇""小娘""搞强""鸟房"等听成"老王"了。

第三次又以为被唤,仍是无果而终。之后,老王下决心,从此死心塌地,走到哪儿也别以为有人叫自己了。

凉风

这一年特别炎热,最高温度到了摄氏四十一度,最低温度甚至也达到了二十七度,创这个城市夏季最低温度的最高纪录。湿度又经常是百分之九十左右,人们叫苦不迭,而且为这种天气起了个名,叫桑拿天气,形容人们待在那里就像进了桑拿浴室,被蒸得大汗淋漓。

这天早晨老王起得早一点,早早下了楼,走到门口,又走到街口,突然感到了一阵清爽的凉风。老王只觉神清气爽,沁人心脾,如饮甘露,如沐清泉,如羽化而登仙,如飘然而飞天。老王还感到一种顿悟的清明,一种污秽尽去的纯粹,一种从灵至肉的熨帖,一种里里外外的欢喜。

老王兴奋地给自己的亲戚朋友打电话:"今天早晨起了凉风了,太好了。"

朋友们麻木不仁地反问:"谁说的?预报是今天比昨天还高两度。"

这个……

发型

老王去理发。洗剪完毕,理发师给老王分头,把大部分头发梳到左面。

老王觉得不对,就说:"我的头是往右面分的。"

理发师说:"是这样,您的头后偏右长着一个旋儿,在那里分比较好,否则您的旋儿上的头发很难梳顺当。"老王觉得也有理,便同意改为向左分。

他是从十岁开始理分头的。说来好笑,那一天他本来要跟着大同学一起去参加抗议国民党政府的游行示威,母亲坚决不让他去,他一怒之下,跑到理发馆,留了一个小分头,而且使用了发油,吹了风。此前,他一直是推平头,从这次革命不成功之后才留下了油光光的小分头。

老王觉得奇怪,从那时到现在,整整六十年了,他的分头一直是往右分的,怎么这次往左分起来了呢?难道六十年来他的头发都梳错了?

改为向左分后,他的头发能够显得顺当了吗?

他拿不准。

发型

不快

老王这天觉得不太高兴。

老伴邀他上街,他说不去。问原因,说是不太高兴。问为什么不太高兴,老王想了半天想不出来,就说:"不为什么。"老伴说:"你真讨厌!"

邻居邀他去玩扑克牌,他说不去。问原因,说是自己不太高兴。问为什么不高兴,老王想了想,说是今天天气不好,有沙尘暴。邻居说:"天气是老天爷的事情,你生什么气!"

老友邀他去吃火锅,他说不去。问原因,说是自己不太自在。再问为什么,老王想了半天说是头一天夜间做了噩梦。问是什么梦,答是忘了。老友说:"你这个人怎么这个样子!"

老王一天什么都没做,一天都在想自己为什么不高兴,一天都没有想出来,到了晚上更加不高兴了。后来打了一个喷嚏,后来就好了。

瓜子

老王的床上发现了一粒酱油瓜子。老王奇怪,他是从来没有吃过瓜子的,他一向抨击吃瓜子的习惯,他见到门牙带一个小缺口的女人就义愤填膺,见到她们就想痛陈吃瓜子这个陋习的危害。

仅仅从吃瓜子的习惯没有得到纠正这一点,也可以看出,中国革命的成果是多么不足,而我们离现代化有多远。他听说过,西方发达国家超市里卖的瓜子都是用机器去过皮的。

他太太声明,绝对没有在老王的床上吃过瓜子。

老王穷追不舍,他问:"难道说,瓜子是自己飞过来的?是床缝里长出来的?是气功大师发功用意念移动过来的?要不就是大便里夹带的了?"

老王太太哈哈大笑,说:"那就说明,我不在的时候,有吃瓜子的人上过你的床啊!"

老王喜出望外,想不到,一粒瓜子里包含着那么多浪漫风流。啊,瓜子,I love you!

老王

老王没事便搜索一些著名音乐家的生平事迹，要不就听中央电视台的音乐故事。他非常喜欢德国的克拉拉。她生于一八一九到一八九六年，活了七十七岁。先是嫁给了比她大九岁的舒曼，后来舒曼进了精神病院，死于一八五六年，那年克拉拉三十七岁。

后来她又与勃拉姆斯好了，勃拉姆斯比舒曼小二十三岁。克拉拉比勃拉姆斯大十四岁。后来勃拉姆斯也进了精神病院。克拉拉死于一八九六年，次年，勃拉姆斯去世。

显然，克拉拉跟谁好，谁就是青史留名的大作曲家。

克拉拉自己也留下了许多音乐作品，但是由于她的丈夫、情人太有名了，她的作品反而没有得到应有的重视。

瞎子阿炳呢？父亲是道士，自己是小道士兼乞丐。新中国成立后他得到了最好的照顾，但是命运不济，一九五〇年他刚过上好日子就死了。他活了五十七岁。舒曼的寿命是四十六岁；勃拉姆斯则活了六十四岁，与马克思的寿命相同。

然后老王想，一九二九年，在伟大的中国，出生了一个后来叫老王的人，他不会作曲，也没讨过饭，更没提出过什么理论，包括伟大理论与渺小理论。他没住过精神病院，也没有去过德国（虽然吃过德国进口的白色小药片）。

他的妻子不是克拉拉,不比他小九岁,也不大十四岁。他的视力不太好,但也不算瞎。他的收入不高,但也不需讨饭。他没有什么作品,也没有服过徒刑,他的名字不会被任何非他子女的人记住。

所以,他不是阿炳,不是舒曼,不是勃拉姆斯,他就是他自己,他就是老王。他只能,他必须挺起胸或缩起颈做老王。

老王（又一）

老王被告知，有一组微型小说的主人公名叫老王，熟人读后窃窃私语：这不是写的老王嘛，怎么写得这样窝囊、猥琐、缺少风度？你何不找作家算个账，搞点时髦的名誉权之争，至少可以委托律师跟他要几个钱花花，借此也增加一点自身的知名度，何乐而不为也？

老王一笑，他说：我其实不配做小说尤其是系列小说的主人公，如果当真做了，那就是作家瞎了眼睛，或者是我有意无意盗名欺世，让他上当受骗了。我怎么好意思跟他要求赔偿，而不是主动赔偿他一点损失呢？如果我是圣贤，写我的作家也就是准圣贤了。如果我是将军，写我的作家差不多能够做到上校或者大校啦。如果我是美女，写我的作家起码也可以拍拖一个绝色佳丽。现在我这副样儿，他最多是一个假老王、代老王、老假王或者老代王或者王老代或者王代老罢了……不是我害了作家，坑了天才作家，不是我对不起作家吗？我惭愧还来不及，遑论其他？

为老王献策的朋友失望而去，摇头曰：朽木岂可雕焉！

过了几天，老王看到了以老王为主人公的系列微型小说，竟然是盗用他的名义写的。没有看到三分之一，他打了一个激灵，激动地说："好啊！世上竟有这么绝妙的好文章！虽说是老王写的老王，却与我本人无关。全中国祖籍太原人士蒙周王姬氏赐姓王从而可以叫老王的人至少有两千万,与老王同名的也不会少于二十五万个,谁管得了那么多!反过来说,如果有许多国人窃窃私语认定是鄙人写了鄙人,倒也未尝不善!"

正是:

老王不甚老,老王不是王。禅意实无意,尴尬即文章。翩翩复袅袅,花草恁拈藏。信马成一笑,何必混装腔!满纸荒唐言,解人自徜徉。烟士皮里肾*,不解又何妨?……

(* 或译烟士披里纯,灵感之意,亦可作嗜尼古丁而伤肾之意。)

对谈

暑假期间,老王全家外出。外出之后,老王老是想给家里打一个电话。拨通了,他又赶紧放下,他实在是害怕家里另有一个老王来接电话。

他为此日夜不安,他摆脱不了这个念头,也可以说是一种诱惑。终于,他流着汗拨通了自己家的电话,有人接电话,他吓得面无人色。"你是谁?""你是谁?""我是老王。""你怎么是老王?我才是老王。""胡说,我才是老王。""老王根本不在家。""老王从来没离开过家。""你是妖怪!""你是游魂!"

那个说话的人和自己的声音一模一样。

绝对没错,就是老王。外出的老王昏倒在地。

……老王在安定医院住了一段时间。后来出了院。他终于明白,世间最可怕的事就是自己面对自己了。

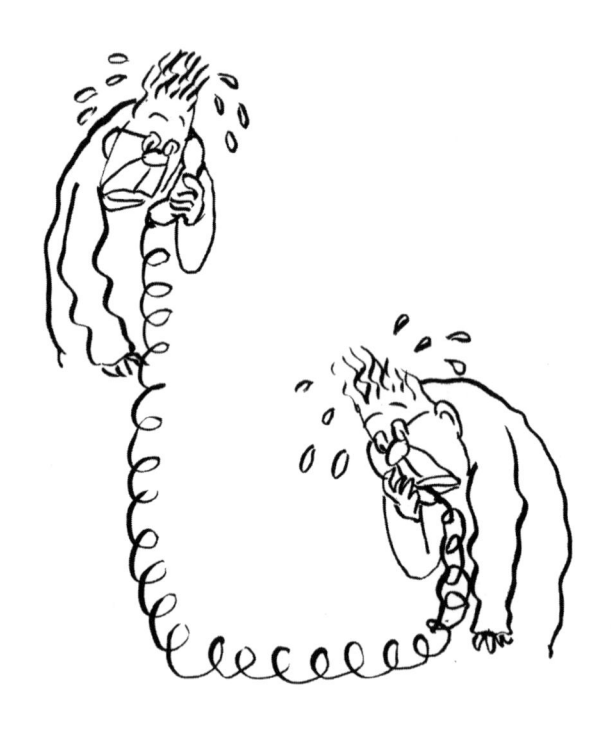

对谈

蝴蝶兰与驴打滚

老王对社区的停车混乱、交通堵塞、垃圾不能及时清除、草坪被毁、闲杂人等随意进出、保安马马虎虎等早有怨言,忍了好几年,终于忍不住了,给区政府写了一封反映情况的信。

三天后居委会来了一位说话好听、相貌美好的女工作人员,带来了一盆蝴蝶兰、两盒"驴打滚"(一种北京小吃,糯米面结构,豆沙馅,滚上豆面)。

居委会表示来征求意见,有欢迎批评的表态,适当做了说明解释,并暗示老王以后有什么意见可以到居委会去谈,最好不要惊动上级。

老王惊喜、惊讶、糊涂而又惭愧。第一,这位来客怎么这么体面,说话温柔,夹杂着中国港台普通话腔与新加坡国语腔,何等动人!不同了,不同了,世道真的不同了。第二,他们怎么知道我爱吃驴打滚?难道来前他们做了调查摸底?如果连好吃驴打滚他们都知道了,还有什么不知道的?第三,又有蝴蝶兰又有驴打滚,唯美与务实,多么全面,多么周到……且慢,她可没有说是送给老王的。不是送给我的,难道是前来推销产品的?

老王鼓起勇气,干脆把蝴蝶兰与驴打滚的走向问题闹个明白:"您这是……"他指着驴打滚问。

"不值得提……"

不值得提是送给他还是待会儿再拿走呢?

接下来,讨论的已经不是社区交通停车保安清洁卫生问题,而是他能否接受居委会的礼物问题了。

争得不可开交,争了好几分钟,同时,老王嘴里已经不由自主地说出了:"谢谢。"

糟了,本来北京人说谢谢,第二个谢字是轻声,有时第二个谢字吞掉,听起来只是一个谢字。怎么他老王今天说的是清清楚楚的两个去声的谢字呢?莫非他说话也沾上了新加坡味儿?

他又加上一句:"不好意思……"嗯?"不好意思"四字说得像广东人包括港澳同胞的普通话。

此后,一个月过去了,又一个月,又几个月……停车、保安、清洁卫生等状况改进不大,但是老王再也无颜提什么意见了。一盆蝴蝶兰、两盒驴打滚不够,难道还想让美好的小姐送三盆蝴蝶兰、八盒驴打滚不成?

唉,老王念念有词:"爱吃什么不好,为什么俺偏偏好一个驴打滚呢?"

快餐

老王的老伴一次做蒸包子,特别成功。老王很激动,建议老伴联合几个人开一个便民包子铺,又为人民服务,又有效益,还能解决三五个人的就业问题。两口子一面吃包子一面讨论,喜气洋洋。

老王的老伴用烤箱做了一回烤牛排,非常成功。老王声明,这次的牛排比 VIP 餐厅的两百块一份的牛排还好。他建议老伴联合几个人开一个牛排烧烤店,不行招牌就挂"老王牛排阁",可以有大效益,可以招收几十名员工,可以为祖国的餐饮与东西方文化交流做出新贡献。

老王的老伴炖了一锅鸡汤,食之销魂。老王坚信它胜过了肯德基、荣华鸡、小绍兴、三黄鸡。他建议老伴开一个鸡汤馆,弘扬民族膳食文化,改善居民营养,服务社会,促进小康。

又过了几天,老伴身体不适,老王感觉也不甚佳。他知道,他们是真有一把年纪了,个体经营,可能做不到了,但是一想起他们的雄心壮志,想起世界上有那么多好吃的东西他们会做会烧会熬会煮,而且有实力购买,市场也能保证供应,他们乐得晕答乎的。他们想,也许过两年他们精神好些的时候,会把余热贡献在发展中华料理上边。

同时他们想,我们本来还可以多做多少事!

随便

老王最近常常听到一些新奇的消息：一个最古板的老同事忽然绯闻迭出，风流连连，说是与炒股成功有关。一个老邻居突然得了外国大奖，也不知什么奖，老王问了半天也闹不清楚，只好承认自己无能低能。一个他见过的发大财的商人突然出国东南亚并出家了。要出家何必出国？要出国何必出家？难道佛法也那么讲究国界与领土划分吗？不是说跳出三界外不在五行中吗？一个小学生靠写博客发了大财。一个美女突然嫁给了别人想不到也不服气的人。有一种新行业是充当宠物的翻译，把猫呀狗呀的叫声翻译成人语，这种人被称作"动物灵媒"，其工作报酬丰厚得吓人。

尤其令他奇怪的是，电视与广播里经常出现猜谜或知识竞赛，奖金高得离谱，题目容易得离谱。例如问双"mu"不是林是什么，还提醒你不一定都是同样的木字，是左右结构……前边接得通电话的人都是白痴，猜得笨得令你无法相信，除了不猜是"相"什么都猜，越离谱越猜，越猜越离谱。奖金从数百元提到了数千……于是几千几万几十万几百万个受众去打电话，发短信，都接通不了，而传媒与电信部门把钱赚了老鼻子了。

是不是托儿？

是不是都成了白痴啦？
你以为谁是白痴呢？
究竟谁是白痴呢？
随便吧，随便吧。
随便随便随便吧。

作曲家之死

举行完一次中国现代作曲家的音乐会之后,说是还召开了该音乐家的创作讨论会,再过一天,听说,那位老作曲家因心脏病发作,溘然长逝。

有人说,还不如别举行他的专场音乐会呢。他写了一辈子交响乐,从来没有正式演出过,这么一演出一讨论,他的老年心脏怎么受得了?

有的说,幸亏举行了这次音乐会,要不,他写了一辈子乐曲,连个正式演出都没有,太残酷了。

有的说,这就是艺术的命运啊,黄钟寂寞,瓦釜轰鸣,冠盖满京华,小贩满市场,就是没有真正的艺术家的活路啊。

有的说,说不定,你死得比他还惨呢。

老王低下了头。

调包

许多年前,孩子给老王买了一个高级索尼音响系统。刚买来时,老王常常听音乐,唱片、盒带、盘。最近,有两三年没有听过了。

这天老王空闲,便产生了一听音乐的雅兴。听什么呢?从《绣金匾》开始吧,青年时代,唱着"一绣毛主席……二绣总司令……"观看解放全中国的捷报,那是什么样的岁月!

开开音响系统,打开《中国革命民歌》盘,一切操作无误,放出来的却不是"正月里闹元宵",而是"我爱你,爱着你,就像老鼠爱大米……"

老王笑了,真是太马虎了,怎么盘放错了盒?也是唱片太多了烧的吧。过去,想买个唱片,又舍不得,且得做思想斗争呢。

他再翻那些堆得乱七八糟的 CD 盒子,找到了《三套车》,太棒了,苏联歌,好听,熟悉。

按这个钮,按那个钮,打开,放进去,再按钮,就该是:

冰雪遮盖着伏尔加河,
冰河上跑着三套车……

调包

据说歌词译得不对，不对就不对吧，不对也熟悉，也感动，也爱唱又爱听。

然而，过门儿怎么是这味儿的啦？

唱出来的是英语：tonight，tonight……

怎么又错了？太不像话了，该归置归置啦。

那听什么呢？《梁祝》？《在那遥远的地方》？《悲怆交响乐》？《红灯记选段》？《乡恋》？《太阳岛上》？

出来的却是《连哭都是我的错》《好想对你说》《该死的温柔》和《爱情呼叫转移》……

结果硬是想听的都没有听上，盒里的乐曲歌曲戏曲都掉了包了。

活见鬼！

那就听点新的吧。

此后好几年估计更不会开机啦。

老王老矣，真的老矣！

错在自己

老王买了一台名牌国产电视机,超大超薄液晶宽体显示屏,价格两万元。

一年后主板坏了,坏时屋里飘出一缕烧焦的烟味。然后,嘛都没有了。

说是过了一年的保修期,费了老大的事,才修起来的。

半年后,看着看着电视,又飘出了半芳香半恶臭的不祥的烟气,一嗅到这种气味,老王差点背过气去。然后,只有声音,没有图像了。

然后又是这费又是那费,号称服务良好的该品牌驻此地的维修点问道:你们修不修呀?

修,花钱;不修,两万元的东西送入垃圾堆。只有丧尽良心的混蛋才会这样悠闲地提问题。老王想。

老王得出教训,最好的最新的是不能买的,因为太好太大太新,就一定不成熟,只能取其次而不能取其最先。老子云:"我有三宝,持而保之:一曰慈,二曰俭,三曰不敢为天下先。"不为天下先,至少在购物上有一定的道理。

刘晓庆

老王在没有什么电影可看的那些年,看到了一个刘晓庆,《同志,感谢你》《小花》《北国红豆》《瞧这一家子》,他都看得很起劲。

"刘晓庆真是一个好演员,她很有个性,也有智商。"听的人翻翻眼,觉得由他来评论女演员不太合适。

后来,新影片越多他看得越少了,说好的演员也越来越少了。

后来他净看外国片子了,但是他说不上一个外国影星的名字来。外国人为什么要起那么绕嘴的名字呢?如果他们也叫小张、老李、铁蛋儿、翠花儿……多么好!

后来人家告诉他巩俐演得好,他看了看,果然。他见人就叹息说:"巩俐演得可真好啊,人也中看,只是,她长得一点也不像刘晓庆啊。"

听的人翻翻眼,不知道他这是什么标准什么逻辑。

近年来,老王什么电影也不想看了,他说:"老化了,这就是老化的铁证啦,一吃过晚饭,嘛也不想干啦,再火的大片也不用看了……"他揉了揉干涩的眼睛。

终于,他花不少钱去看了《十面埋伏》,知道了章子怡。

向他翻过眼的朋友问他对章子怡的评论,他说:"好是好啊,她长得不像刘晓庆也不像巩俐,不像周璇更不像白杨呀……"

大河美酒

老王每年夏天都回故乡小住,故乡QQ镇。老王的习惯是动不动拨打12121电话询问天气状况。可不是吗?饮食起居游乐行止都与天气有关。

每次问天气,QQ镇的气象查询台都会先报一段广告:

"大河滔滔,气象万千,小河娇娇,阴阳和谐,浊水滚滚,五行生克,清水溅溅,肝肾妥帖!大河美酒物美价优,大河美酒提醒您关注天气变化,注意滋阴壮阳,身心平安……"

然后进入正题,报告气象变化情况,晴阴风向,最高最低气温等。还要加一些关爱听众的话,如天冷了要多穿衣服,下雨要携带雨具,嘱咐得比妈妈还亲切细致,以便多占时间多收费用。

老王生气,哪有这里报广告的道理?你拨打电话询问气象,要缴电话费与信息费的,它却占用你的时间,做商业广告,岂有此理!

最可笑可恼的是,每逢听到大河美酒的一些不通说辞,老王就会因厌恶而走神,想到家人亲戚,收入支出,超市物价,面条饺子,东长西短。等到人家广告报完了,说正题谈天气了,他恰恰心不在焉,没有听见。只好再拨一次12121,再听一次"大河滔滔,气象万千……"有时连拨三次12121，大河美酒喝得醉饱欲呕，就是没听见气象预报的正题。

尤其令老王佩服的是，到二〇〇八年已经三年，三年一千多天，QQ镇电话局居然仍在坚持不懈地报大河美酒的广告，比任何主题宣传都长久。

老王问自己的表大舅子：你们这儿是有个"大河美酒"吗？

表大舅子表示不太清楚，他也没喝过，其表情略显尴尬。老王赶紧声明他不是暗示自己索要大河美酒，只是在气象查询中听得太多了，有些好奇。但是当晚这位亲戚就买来了大河美酒，请老王喝。

老王哭笑不得，心想，这就是广告的效果呀，不服行吗？

老王的老伴批评老王，在外地亲友或地方干部面前，千万不要问人家有关当地土特产的事，你说话无心，他听之有意，多不文明！

评说

老王看电视实况转播球赛时常常对节目主持人的解说不满。主持人评球,他评解说球的主持人:

"瞧,怎么说怎么有理,刚赢一个球就分析这么一大堆!"

"刚才还说人家是生手呢,现在又说初生牛犊不怕虎了。"

"什么叫势利眼?解说人才是势利眼,反正谁赢谁有理!"

"噢,赢了就思想过硬、心态好、战术对头、作风顽强啦?不一定!"

家里人都讨厌老王的评说,大家一致要求制止老王的废话,并且说:"人家解说得再不好,也比你的废话中听!"

老王犯起犟来了,非说不可。我一辈子不会打球,不会论球,没进过体育场馆看国际比赛,也没有在体育部门混上个一官半职,最后连在家里说说也不行吗?老王悲愤地问。

没劲。家人评论。

于是老王一看球,家人就赶紧躲开。

老王的对于评论的评论没有了听众,他也觉得没劲了。他不再解说,又不甘心听主持人的解说,便把电视机调到静音状态。

完了,那比赛看着更没劲了。

购房

老王与老伴两个人的工龄加起来已经超过一百一十一年了,积攒了大几十万块钱。眼看着存款利率低于通胀率,同时各种所谓理财的新花样什么股票、什么基金、什么保得利、什么企业集资让他们眼花缭乱,他们却已经没有勇气与智力去尝试新鲜事物了。两老合计,再买套房子吧,好赖不怕贬值,就是房价短期下滑也还多一处房子,正好体验小康的快乐生活。

一进行,才明白,他们的存款太少,买远郊的公寓楼的一个小单元还凑合,买真正能让二老提气的房子,相距甚远。搞按揭吧,老两口又超龄了,人到了这岁数,别说提级没门儿了,买房也诸多不便了。

那就不买了。

一旦决定不买,两人轻松愉快起来,而且老觉得自己省吃俭用,一辈子还真存了不少的人民币,不算大款也算个小小中款了:可以自费旅游,可以进像样的餐馆,有个病呀灾呀的可以自费住单间病房,享受副部级待遇。

老王总结说,你不想买贵东西,你当然就富啦。

安眠药片

老王在电影频道看一部可能是港台出品的武侠片，里边几次说到一桩江湖上的恩怨还没有了结，但是字幕出来的是恩怨尚未"了解"。"了结"一而再再而三地变成"了解"，老王纳闷：怎么？现在的人连"酷毙""一把""东东""美眉"……都知道，却不知道一个"了结"吗？

过了几天，他看凤凰台的节目，看到里边报道一个境外讲话的时候，字幕是"士可忍，孰不可忍"。老王又纳闷了：是不是他们把"士可杀不可辱"与"是（指示代词，当'这'讲）可忍，孰不可忍"混淆了？这两句话怎么可能混为一谈呢？

老王一下子想起了媒体上的许多语言与用字问题，他觉得头晕、心慌、漾酸水，夜间无论如何睡不着觉了。他吃了一些安眠药片。

他一睡睡了几天。后来发现，这种安眠药是治癫痫的，他用药太猛了。

他仍然纳闷：是我吃多了安眠药片啊，难道那些可爱至极的电视人也都吃多了药了？

安眠药片

新款手机

又耽误了一次接电话,由于手机电池没有电了。

当老王以此为理由辩解自己未及时接听孩子电话时,孩子立即给他送来了新款手机。

老王解释说,上次说电池没电,并不包含需要新款手机的暗示。再说,这个仅仅一次用时没了电的手机,由于经常不用,还新着呢。

孩子说,手机与电脑一样,基本上半年到十个月换一回代,而与你用不用无关。不管你用不用,它已经衰老过时了,衰老过时当然要寿终正寝。您用那样老旧的手机,对不起日新月异的时代,显得孩子们不孝——怎么任凭老人用那么过时的旧货呢?再说也与您的身份对不上号:您受过高等教育,当过小组长,每月工资五千元左右,有副高级职称,老局长来看望过您……

在完全不情愿的情况下,老王接受了新款手机。

说是此手机可以摄五百万像素的照片,可以联网,可以加减乘除开方运算,可以手写,可以录音录像,可以震动,可以多媒体,可以做游戏听音乐,可以看电视,可以听广播,可以当MP3、MP4与数码相机用,可以响闹铃叫早,可以看日历、地图,可以收天气预报……可以往上拉,可以往下拉,可以打开盖,可以按左上左下右上右下中间与围绕中间的五个键，每个键按压后将显示二十到六十个候选项目。总之，它是万能的，它基本上能满足携带它的主人的一切物质生活与精神生活要求。更不必说它能接电话与拨电话、发信息与收信息了。

老王听了介绍后，一阵头晕心慌，面无人色，牙龈肿痛，咳嗽哮喘，双目发黑。

孩子大惊，老王表示：没事没事，依旧无恙，怎样用手机就不必忙着教了，等你们走后，我慢慢读说明书还不行吗？

老王后来看了说明书：妈呀，共一百二十六页，道林纸精印，索引二百多条，英语词目九十多件，包括 Adobe Reader、GPS、SMMS、USSD、SMS……

老王终于晕菜了。落伍了，落伍了！他哀叹着，准备报名参加新款手机训练班。

他隐藏起自己的悲观，准备好了临终奋力一搏。

能不能再接再厉

情况远远不像头几天想得那么糟，约莫三周后，老王已经基本上掌握了新款手机的使用要领。再看看老伴与邻居手里拿着的老旧手机，他不禁扬扬得意，同时奇怪，世上竟有那样落伍的人群存在。

兴奋中他给孩子打电话，说是这样的手机如何好用，并建议今后更新款的手机还应该添置按摩、洁净、经络脉冲、点穴、理财与银行其他业务、翻译联合国安理会常任理事国语言、教授太极拳与花样滑冰、教授钢琴二胡萨克斯风手鼓与射击、代写家书情书请假条申请补助公文、电磁波驱蟑螂、杀灭 SARS 与禽流感病毒、平抑焦虑、舒缓紧张、滋阴补阳、消食化气、增加他人特别是形象美好者对自身的好感等功能。

他准备悬赏，用自己现在住的一套一百多平方米的住房换这样一只手机，他相信有了这样的手机，冬天不冷夏天不热下雨不淋大太阳底下不晒……老王就算没有白活这一辈子啦。

ZJL

老王的闺女一家周末去体育场听当红歌星ZJL的个人演唱会，回来给老王讲述音乐会的盛况：

全场观众座无虚席不用说，前两个小时已经坐满了人。前半个小时就都站起来了，全部站在椅子上，左一阵欢呼右一阵鼓掌，你还以为他们看到ZJL了，却原来什么也没有看见。后来到了点了，全场突然关灯，大家以为是停电了，以为是没给供电单位送票的缘故，正在火急时刻，电灯大开，全场欢声雷动。ZJL的助手上来了，他长得与ZJL差不多，于是又沸腾起来了，但是他声明他不是ZJL而只是替ZJL开道。他问："你们来干什么？"

答：ZJL！

问：谁唱得最好？

答：ZJL！

问：谁最火？

答：ZJL！

问：谁最红？

答：ZJL！

问：现在请ZJL上台好不好？

一片欢呼呐喊跳闹疯狂。

ZJL从天幕上徐徐降下，众乐手从下面徐徐升起，灯光乱开乱闪，乐器齐鸣，开始有观众激动地哭起来了。

女儿家三口，每人花了一千四百块钱买门票。他们最后并没有看到 ZJL，也没有听到 ZJL 的歌声，但是他们都很兴奋，很满意。

就像花钱买醉，他们是花钱买狂。

啊，他们是多么幸福，他们的激情至少不会发作到破坏性的事情上。

啊，他们又是多么？？？

Ladies & Gentlemen

老王也是赶得上潮流的，例如他知道湖南卫视很受欢迎。

湖南卫视有一个很有名的节目主持人，他很活跃，很有带动力。

老王不明白的是，每次当他说完女士们先生们之后都要用英语叫一声 ladies & gentlemen。这一嗓英语叫完之后，老王很希望听到他说更多的英语，没了。偶然有一点，太浅，发音也不算灵。

为什么这里要来一句 ladies & gentlemen 呢？为什么不多练几句多说一点呢？为什么不另辟一个英语教学或表演节目呢？现在我们的口语里已经有了拜拜，有了 OK，有了 yes 和 no，难道还要加进去拖泥带水的 ladies & gentlemen 吗？

呕，买尬！Oh, my God！

阿宝唱洋歌

一次偶然的机会,老王从网上听到了阿宝用英语唱美国民歌《爱你在心口难开》:I love you more than I can say...

字正腔圆,纯朴天然,老王一下子都傻了,这是"原生态"歌手阿宝?这是出生在大同的三十八岁的"三晋歌王"?他的英语发音是这样好,他的英语歌曲的腔调与情感掌握得是这样到位,却还保留着山西民歌小曲儿的特色。

然后是阿宝唱歌曲《大海》,硬是把通俗唱出了原生态味儿来!

老王有感,赋歪诗以记其盛:

洋洋土土洋,土土洋洋土。尔土即我洋,我洋乃尔土。土洋本相通,来自真肺腑。阿宝真绝唱,一曲忒辣斧(love——爱)!陈醋布鲁斯(蓝调,偏于忧郁风格),酸曲泪如雨!大海本原生,通俗成唱曲。雅俗非截然,真情便可语。三晋本无海,歌声唤涛举。歌声荡心海,心诚结情侣。情深如湖海,海潮有应许!画地非为牢,山海共此趣!吾本非歌者,放歌过古稀。唯愿赞阿宝,心声通寰宇。不必门户争,不必唯自诩。

有歌何必类？有情自吟吁。能听四海歌，能喜五洲曲，盛哉三晋子（阿宝是山西人），伟哉张家子（阿宝本名张少淳）！

叹气

老王这天接连唉声叹气。

王太太问道:"你怎么了?"

答:"没怎么着啊。"

再问:"那你唉声叹气的干什么呢?"

太太问得有理,于是老王苦苦思索:我叹气干什么呢?他回答说:"我是说,火(指暖气)停了。"

问:"你冷吗?"

答:"怎么会冷呢?外边气温都二十多度了。"

问:"那你干吗叹气呢?"

自问:"是啊,我干吗叹气呢?"自答:"前些日子还那么冷,老是对物业有意见,老是嫌暖气供应得不够热,老是张罗着买新羽绒服,老是看天气预报、大风降温警报,老是吃火锅,老是盼着春天……"

问:"现在春天来了,不好吗?"

反问:"谁说不好呢?现在春天来了。一会儿冷,一会儿热,一会儿起风,一会儿扬沙。然后花开了草绿了,然后就是夏天了,然后就是秋天了,然后又是冬天了,然后又是烧暖气停暖气。"

太太笑了。然后,两人都长长地吁了一口气。

看电视机

老王的孩子看着老王的电视机太破旧,便不顾老王的反对,在老王七十五岁寿辰的时候给他买了一台四十多英寸的液晶宽屏幕电视机。当然价格不菲,但是说是已经降了好几次价了,如果此前买,会更贵。

老王很激动,但也觉得很浪费。他说,要那么先进的电视机干吗?没有好节目,再好的电视机又有什么用?

他从来没有看过这样清晰和稳定的图像,他看了又看,怎么会这样好?

他从来不会改变宽高比,现在开始有点门路了:一会儿是四分之三的,一会儿是十六分之九的,一会儿是满屏幕的,一会儿是把左右两端省出来但不变形的,一会儿是超满——砍掉一点头和脚但宽而不变形的,一会儿是略略变胖的歌星影星节目主持人……

他改变,试验,调试各种性能,有时突然锁住了,各种功能键全部作废,有时突然解开,恢复了可调节性……

说是能够放碟,当然,能够连电脑,能够上网,能够接 USB,能够游戏,能够接手机,能够劈成两半同时看两套节目,能够画中画,画中画中三五幅画……

至少一个月时间,他并无什么节目要看,但每天最有兴味的事情就是鼓捣电视机。

他若有所悟：看电视是可以的，不太想看电视，但是爱看电视机也完全是可能的。看电视机是一个比爱看电视更高雅的嗜好，说是西方发达国家的知识分子一般就不看电视节目，因为他们是精英，而电视节目是为了大众。他们还撰文批判电视呢，真高雅呀。他甚至得寸进尺地想：如果将来发明出超大尺寸的性能更好的电视机呢？如果将来的电视机能够用手指操作呢？如果电视机将来能够随意改变图形和配音呢？能不能干脆一面墙就是一面液晶屏幕呢？四面墙就是立体电影呢？能不能天花板也变成电视屏幕呢？电视机能不能发出香气？负氧离子？催睡或催醒气味？……哪年哪月，我将购买一个价值一百万元的全世界第一的电视机呢？再过一百年，人们将会使用什么样的电视机呢？我真想知道哇。

母校的重要会议

老王被母校邀请参加一个重要会议。他忽然发现，过去大加挞伐的此校的前身，即一九四九年前的历史"包袱"，一下子变成了吹乎的资本：什么旧政权的大人物啦，大富翁啦，嫁给外国人的名媛啦，一直坚持留辫子的前清遗老啦，在国外提倡西化、回国后抽上了大烟的启蒙主义先驱啦……谁谁在这里上过学，谁谁在这里任过教，谁谁对此校捐过钱，过去常称为帝国主义国家的什么什么人物在这里讲过演、骂过革命，都被津津乐道了。看来世界万物有时候臭，有时候香，臭一阵会变香，香一阵会变臭。这就是历史啦。历史的香臭在变，历史本身还是那个样儿。

老王还参加了一个论坛，住的说是五星级宾馆，标准间房价一晚上一百九十八美元；说是一顿自助早餐是人民币一百二十块再加服务费；说是宾馆里有游泳池、网球场和健身器材；说是这里理一次发要一百多，按一次摩就更吓死人了；说是收到一张纸的传真也要交几十块。

老王觉得幸福：没有什么人把传真发到他住的宾馆来，他也没有智弱到去理发或者按摩。

开会那一天来了许多大人物，有坐别克来的，有坐奥迪来的，有坐本田来的，有坐凌志来的，像是一次汽车博览会。据说还有人带着小蜜来了，可惜他老王只看得见一脸褶子的老汉，偏偏看不到小蜜。

开会那一天奏了乐，起了立，缅怀了亡者，介绍了嘉宾。

那天鼓了多次掌，凡是该鼓掌的地方与时间坎儿上都是掌声如雷。

那天他一直保持着灿烂的笑容。

老王记得领到了纪念品，价格不菲。

老王还记得宾馆的各种电器开关很多，花样也多，有扳柄的，有出溜键的，有脚踩的，有触摸一下就自动开关不止的……

此外，到底是开了个什么会，他一点也没记住。

主意

老王接到孩子的电话,孩子抱怨说:"好容易到了春天,风那么大,沙尘那么多,开开窗户吧,一会儿屋里的东西就都是一层沙尘了。"

老王说:"那就别开窗户了嘛。"

孩子说:"怎么能不开窗户?房间里什么气味都有。新买的家具涂料都是有毒的。墙上的甲醛至今还没有发散完毕。人也有味,又拉屎又放屁的……"

老王说:"那也好办,每天趁着天好,没有起风,没有太多的浮尘的时候,打开窗户,过一会儿再把窗子关上……"

孩子说:"再关上,你一下班,来个足实的,全是有害气体……"

"那就开着,回家以后擦洗擦洗,扫扫抹抹,打扫卫生呗。"

"下班以后我都累成什么样啦?同事们说,我们累得都成了脱骨扒鸡啦……"

"那就随便吧,想开就开会儿,想关就关上,气味不好了赶紧开,沙尘太多了赶紧关,累了就躺下,嫌脏了就干活,更累了就雇个小时工,雇不起小时工就凑合着……"

"您怎么这么能说废话呀?这不是跟没说一样吗?"

主意

老王很惭愧，他出不来什么好主意，他连一个开窗子的小问题也解决不了，这辈子幸亏没有让他干什么大事。

假冒伪劣

老王读了一篇文章,说是万物都有疲劳的问题,例如穿鞋,就应该几双鞋倒替着穿,比一直穿一双鞋要好——舒服加节省——得多。

老王乃拿出了一双不知是多久以前的不知是哪位友人给买的意大利皮鞋来。鞋花花哨哨,式样很洋。

这双鞋穿了几天,赶上了大风降温雨夹雪转为霰粒。那天路走得很多,很久,回来,鞋底断裂,不能用了。

老王念念叨叨,说是假冒伪劣太可恶了,冒到人家意大利去了,牵扯到知识产权问题什么的。

几个孩子帮助分析。一个拿起了坏鞋,里外研究,说是压根儿就没写"Made in Italy",是送鞋的人误会了或者有意识地吹牛,那么这到底是谁送的呢?

老王说:你们太不厚道了,送鞋就应该感谢人家,我现在一无权二无钱,三无后门四无背景,居然还有人送皮鞋,太令人感动了。送袜子也应该谢谢人家。至于是不是意大利产的,我们收礼的一方与送礼的一方都没有太大的责任。

另一个孩子说:不是意大利的,OK,那么是哪里的呢?深圳的厦门的温州的武汉的青岛的……为什么不标清楚?我们的市场太不规范了。

又说：其实这是一种室内鞋，不可以踏雨雪水土泥石块等，您把鞋穿坏完全是咎由自取，我们面对的与其说是知识产权问题，不如说是消费知识与消费水平不平衡的问题。

又说：不排除售货者进行虚假宣传，也不排除送礼者夸大其词的可能，感谢送礼与认识到他的不实事求是，这二者并不矛盾。

老王被他们讨论得晕头转向。

后来，老王情绪转好。他指出，他的皮鞋已经过多，占据空间，难以适当保存，影响空气质量与视觉形象，现在终于实打实地穿坏了一双，可以理直气壮地丢掉一双，减少一双鞋即减少了他选择的困惑与保存的艰难，而天地良心，他并未铺张浪费，这使他十分愉快。

孩子们互相看了一眼，认识到姜还是老的辣。

暖冬

都说是暖冬,报纸、电台、电视、网页、中文、英文、CNN、NHK、BBC、CCTV。还说是边疆第十八个、十九个……二十三个暖冬了,厄尔尼诺,两极化冰,洪水泛滥,空调脱销……叫人心慌意乱。

暖冬说了十几天后,大风自西北方向吹来,这儿冷,那儿冷,降温十五至二十五度。洪泽湖冻了冰,江南落了雪,香港人穿上太空楼。又说是五十二年来或四十三年来最冷的新年,在香港、澳门、广州,直到长沙。

然后是气象专家谈话,几周冷不等于不是暖冬,几周暖也不等于就不是寒冬严冬。究竟是什么冬,得等冬天过去才分明,就是说,至少要等次年三月份再计算全冬平均气温,然后就知道了。

还说是,有一家养鱼专业户,听信了暖冬的说法,未做防寒准备,冷风一吹,活鱼全封了冻,损失巨大。专家指出,暖冬不等于不冷,更不等于可以不做防寒准备,人们要吸取这家糊涂人的教训。

老王点头称是,五体投地。讲得真好啊,真长见识啊!是嘛,暖冬照冷,寒冬照暖,冬天还没有过,春天还没有来,谁知道是个什么样的冬天呢?

故乡

老王出生在大城市,幼儿时期被上一辈人带到故乡住过两三年,后来又回到了大城市。

直到四十多岁了,老王才回了一趟故乡。

他已经不认识故乡的任何人,也没有任何人认识他,但是说起来,故乡的老年人依稀记得有过他们这么一家,说是早在二十世纪三十年代,这一家人就迁往城市去了。

故乡很穷,穷得令人恐怖。那次去,老王没看到村里一个人穿着囫囵的衣裳,个个破衣烂衫,穿着衣,露着皮肉。到处都是盐碱地,没有任何基础设施。

二十年后又去了一趟,已经温饱,已经有穿真皮夹克和羊毛衫的了,已经有电灯电话自来水电视机洗衣机了。到了县城,还看到了购物中心,还卖法国化妆品,还卖等离子与液晶电视。老王激动得热泪盈眶。

回到大城市,老王找到一个好友兼同乡,向他叙述两次回故乡的感想。

老王没有想到,对方对这个话题毫无兴趣,老王提起了好几次,都被对方岔乎过去了。

他后来想了想,对方从小在故乡,直到二十几岁考上大学才得到了离开穷乡僻壤的机会,他根本不想让人知道他来自那个曾经十分贫困的山村。

而老王一辈子基本上在城市，他急于找到自己的故乡，找到一块哪怕是最最贫瘠的土地，尤其是在他超过了七十岁以后。

故乡（续一）

阔别十年，老王又一次带着儿孙回到了自己的故乡。他兴致勃勃地去寻找自己五十多年前住过的一处院子，发现院落和房屋早就拆了，那里改成了百货商场。第二天，他带孩子们去他三十多年前住过的一家招待所，结果发现招待所也已经没有了，那里变成了一家涉嫌赌博的电子游艺厅。老王叹息了一回便再去一家他十余年前来时住过的三星级宾馆，结果发现宾馆也改建了，原来的七层楼被炸掉，那里正在盖二十八层楼的四星级宾馆。

还有原来熟悉的公园，原来喜爱的小吃店，原来常走的步行街，原来夏日常在那里乘凉的西大桥，全都改变模样了。

而且故乡的人都是特别兴奋地向他介绍近年来故乡的一日千里，日新月异。他想吃家乡的榆子饭、贴饽饽、麻茄子、酸冬瓜……也都没吃上。乡亲们说："现在谁还吃这个呀！"故乡的朋友招待他吃的是基围虾、石斑鱼、翡翠带子、澳大利亚龙虾。故乡人的潜台词是："不要以为只有你们大城市才吃得上这些稀罕物！"

于是老王觉悟，其实所谓故乡云云，未必是存在的。

故乡（续二）

客自老王的故乡来，老王已经有三十年没有回故乡了。

老王留故乡来客吃小馆，他打问故乡诸事：谈起故人，存者不到三分之一了；谈到故乡建筑，拆者超过了五分之四；河流已经改道，城墙遗址已经建成了桑拿浴池，王家祠堂早就改成了小学校；低产的小米——谷子——已经不再种植，农民吃上了大米白面。

连乡音也变了，故乡来客拼命讲着普通话，不带轻声，也绝不儿化，有点中国港台地区外加新加坡味道。

老王点点头，心想，整天喊改变面貌，现在终于改成了。

幸亏吃完小馆过马路时来客险些被一辆自行车撞上，喝了小酒的来客骂了一句脏话，还有点故乡味道。

惭愧

老王去见一个大人物，大人物的仪表、长相、服装都没得挑。连他咳嗽和打哈欠的声音也使老王敬死服死愧死，至于想到人家的地位权势责任，老王更是无地自容，觉得像自己这样没用的人压根儿就不该活。大人物对老王做出了亲切的关怀和中肯的指示。真是听君一席话胜读十年书啊！老王只觉得醍醐灌顶，五体投地。

临告别的时候，大人物打了一个嗝儿，发出了极其不雅的气味。老王一怔，连连告罪，他说："实在对不起！"

惭愧

施舍

老王到超市购物,一般会经过一个过街天桥。这天,过街桥上站立着一个蓬首垢面的侏儒,面前放着一个盘子,里面放着几枚硬币:她是在等待施舍。老王觉得她特别可怜,就给了她一百块钱。

那个人说:"谢谢你,老爷子……"他听那人的声音又像是个男子。他看了一眼,分辨不出来,之所以一开始觉得像女性,无非是因为那人的头发比较长罢了。老王有一种失落的感觉。

购物归来,又看到几个乞食者,老王匆匆走过,他不想再施舍了。

回家和家人一说,有说不必施舍的,说是他们也有组织,有头目,要上缴,也有存款,而且有的人是由于好逸恶劳才乞讨的,反正正像商品有假冒伪劣一样,乞讨者中也有假冒伪劣者。

有的说多少给一点也好,反正生活一点困难没有偏要去乞讨者是少见的,施舍也是一种补救,是一种微乎其微的再分配。

……老王寻思:自己有时候突然慷慨,有时候一毛不拔。慷慨的时候也有为自己的想法,多做好事多积阴德;一毛不拔的时候更有想法,我还有困难呢,怎么帮助你?

或者纷纷来张手,我怎么办?

后来过街桥上不怎么见乞讨者了,说是被警察驱赶掉了。老王长出了一口气,不必多想这些事了。

时间长了他又有点遗憾,想施舍却少有机会了,他得不到那种直接做好事而不必经过任何中介的感觉了。

倒是有些慈善机构动员他捐钱,他有点犹犹豫豫,左顾右盼。别人捐多少他就捐多少,别人不捐他也不捐,能不捐就算了。做好事、施舍是我自己的快乐,为什么要你代劳呢?怎么搞的?这样一想,他捐钱时也得不到做好事的感觉了。

接受

老王要给妻子买一件首饰。第一家首饰店店员态度极好,苦口婆心地向他推销,拿出了无数物美价廉的样品。他就是觉得没有把握,最后还是没有买。第二家也极好……他没有买。第三家,第四家,第五家……都没有成交。

天晚了,逛商店逛得老王疲惫不堪。他到了第六家商店,没有说几句话,就买成了。

"其实,我又懂什么首饰?"老王苦笑。

接受（又一）

老王奉调到 B 城工作，他看着 B 城的一切都不习惯：B 城的人光着脚穿皮鞋，B 城的饭先吃素菜再吃鱼肉，B 城的孩子将母亲叫姐姐，B 城的商店领着顾客唱"我爱百货"的抒情歌曲。

这是一个什么鬼地方哟！他叹道。

日子一天天、一月月、一年年地过去了。最后，他习惯了 B 城的一切。杀猪捅屁股，各有各的门道嘛，老王说。

老王接到了调令，他该离开 B 城了。

痛苦

有时候老王坐立不安。他读书，一面也读不下去。他吃东西，尝不出任何味道。他打开电视，一分钟换了十五个台，什么也没看成。他大骂电视台，弄这么多频道，一道好节目也没有，还不如就一个频道，不看也得看。他唱戏，走调走得一塌糊涂。他干脆看黄色录像，结果黄色也吸引不了他。

他便问道："天啊，我为什么这样痛苦！"

瓜与豆

老王接受了一个科长的任命,他工作得极努力,但是由于前任留下的问题太多,他还是没有搞好。他很悲观,他辞了职。

三年后他被任命为一个局长。当了局长,他每天无所事事,只是吃喝玩乐。但由于这里的基础比较好,又加上他不问公务,手下的人积极性大为发扬,便创造出了极好的业绩。老王想,种豆得豆,种瓜得瓜,那是不错,但是,那豆和瓜不一定是你自己种的啊。

谢客

老王常常在家里接待一些不速之客：要求与他见面谈话的，自称与他是同乡、同学、同年落难、同期发表学术著作的，提出要他"赐墨宝"或在首日封上题签的……还有来了以后先让老王回答"你猜我是谁"的，当然，老王猜不着。

老王也常常接到陌生人的电话：叙家常的，叙老王毫无印象的旧谊的，要求见面的，要求赞助的……

于是老王下决心顶住。工作时间，他不接电话，不接待客人，任凭门铃震天，电话铃震天，他就是不接不理。

一个月后，他这里的来客来电少多了。

两个月后，他这里门庭冷落车马稀了。

有时候没有任何声音他也打开门看看，看看有没有什么人找他。

谢客

健身

老王从小养成了每天跑步的习惯,每个清晨他都要跑两千至三千米,坚持五十多年了。

一个医生向他提出:以为跑步可以健身其实并无科学根据,社会上流传的种种健身方法多是误导,生老病死都是大自然的规律,是任何人无法控制也无法逆转的。以你的年龄,跑得太多,效果说不定适得其反。医生举出了一些长跑名将猝死的例子告诫他。

老王一辈子崇信科学,听了医生的话便不再清晨跑步。

老王自幼养成了吃鸡蛋的习惯,除了三年困难时期,他每天都要吃一两个鸡蛋。

医生说:鸡蛋黄里含有过多的胆固醇,老年人吃多了没有好处。于是老王停了鸡蛋。

不跑步了,不吃鸡蛋了,老王老是觉得生活里缺少了点什么,闷闷不乐。

又有医生说:跑一跑,吃点鸡蛋,也还有好处。

老王听了很高兴,就又跑步,又吃鸡蛋了。他想给之前的医生提一点意见,他讲的也许都是正确的,但是,总不能在门诊上老是给病人讲人之必死无疑吧。

写诗

老王忽然想写诗。他想：诗人也是人，有什么了不起，你能当诗人，我也未尝不能当，不就是一批中文字吗，我好好写就是了。

从此他有了诗人的习惯与脾气。他常常落泪。他常常在树下月下徘徊。他常常独自一人哼哼唧唧。他常常说一些尖酸刻薄的话。他常常骂旁人愚蠢。他顿顿饭要喝酒，要吃鸡和鱼，没有喝酒也照撒酒疯不误。

他终于写了一百首诗。他的朋友、学生、老部下都来抬轿，这个联系出版社，那个联系传媒，电视台已经决定他的诗集出版以后对他做一个专题采访，杂志社决定出版一期"王诗"专号，连举行诗集首发式的会堂也预租好了。

他在把诗稿给出去的最后一刻钟重新审视了一遍，他决定，焚毁所有手稿。朋友们、部下们、学生们都称赞他的严肃的创作态度。

他自己也很快乐。他想：烧诗，不是比写诗更有诗意吗？

于是他想起了林黛玉。

读书

老王年轻时只有有限的几本书,他把这几本书读了又读。

"文革"当中,没有书读,但他已养成了夜读的习惯,他每天把仅有的《人民日报》读得几乎能背诵下来。那时出席大宴会的领导人名单,他过目不忘,倒背如流。出差时连《人民日报》也没有,便读旅客须知、损坏物品赔偿价目表和电话簿。

现在他的书七间屋也装不下,他翻来翻去,手里拿着甲书时心想也许不如乙书好吧,手里拿着丙书时又想还不如先读丁书呢。

在没有多少书可读的时候,他记得他读了些书;在有大量的书可供选择的时候,他读一天书也不记得到底读了些什么。

读书（又一）

老王的左眼视力日益恶化，亲人们说，都是读书读的。人们还叹息："真是百无一用是书生啊，除了读瞎自己的眼睛，他们究竟能做到什么呢？"

老王也后悔自己读书读得太多太勤，决心不再读书了。

就在这时，老王得到了一个青年人写的第一本小说，那种情调那种性格那种构思都是他从来没有见到过的，他读得津津有味，他的眼睛也从此好了。

他想，有的书硬是能把眼睛读瞎，而有的书硬是能把眼睛读好。

读书（又二）

老王正在读书，儿子"偷"拍了一张照片，经过电脑处理放大，镶入镜框，送给父亲。老王一看，嗬，这是谁呀？眉目慈祥，目光悠悠，捧书深思，我心忧忧。前额的皱纹显示智慧，眼角的纹路显示沧桑，嘴角的皱纹显示悲戚，略略绷紧的面部肌肉显示庄重，加上照虚了的背景，眼镜上的一点闪光，有一种神秘和深邃、恍惚和气韵……活活像一个院士、博导、教授、思想者、名誉主编、大师、传人、研究中心主任、专项补贴获得者、泰斗、昆仑山、珠穆朗玛峰、黄河、扬子江……

谁呢？老王问儿子。

您呀。儿子回答。

不是，肯定不是。老王强调。

是的，当然是的。儿子强调。

我他妈的怎么会是这样高雅深沉、莫测高深！老王动了粗口。

儿子点点头：看来我就是拍错了，看来我他爹的不认得自己的老爸是谁啦。

读书

丢车

老王的儿子自己买了一辆汽车,他开着车带着自己的妻儿来看望老王。老王夫人准备了丰盛的饭菜招待他们。

正吃得高兴,忽听门外有人叫,说是有人偷汽车。老王儿子脸色剧变,扔下筷子就往外跑。由于他们住的是一楼,他很快就出了门。果然他看到了一辆绿色捷达正在向街口开去,他大怒,奋不顾身地向前追——虽然他上中学时跑过四百米亚军,但毕竟不敌中德合资的汽车。他口吐白沫,累倒在大路上。

他总算是被抬回来了,半昏迷中仍然念叨着:"报警,报警!"

老王问:"你的车原来放在什么地方?"

儿子说了地点,由于家这边停车不方便,他把车停在离家三百多米的一个地方了。

老王到了那里,发现他的车仍在原处,没丢,他儿子追的原来是旁人的车。

看病

老王得了一场小病,觉得问题不大,就一直扛着,拖拖拉拉没有去看病。过了几天,他觉得自己好多了。

家人和朋友都说老王气色不太好,劝他去看病。老王不想去,他说他头几天是有些不大舒服,现在已经没事了。家人和朋友说,还是去一下医院好。

于是老王嘀咕起来:是啊,我到底得了什么病呢?我到底算不算好了呢?于是他去了医院,开了一些药。

拿回药来,他服用了一次,就觉得大好了。亲人、朋友和老王自己都说:"有病还是得及时看呀,去了医院和没去过医院就是不一样呀。"

看病（又一）

受到年长被尊重的鼓舞，老王的话比过去多了，而且遇事喜欢分析。

老王到社区医院取药，他说由于他皮肤过敏，被蚊虫叮咬以后，全身都有不良反应，想要一点止痒脱敏的药。他加了一句话："我对蚁酸过敏,需要碱性的药水平衡一下。"

一位戴眼镜的女大夫瞟了他一眼，鼻子眼里哼了一声，口形上看，她似乎自言自语了一下："蚁酸？"她并没有出声。

老王一下子面红耳赤起来。他唠叨个什么劲儿呢？他又不是皮肤科大夫，他又不是昆虫专家，他身上起了疙瘩就是疙瘩，脖子上咬了红包儿就是红包儿，痒痒就是痒痒，流脓就是流脓，他有什么资格言说蚁酸？他怎么配讲蚊虫叮咬的内涵？

事后，老伴向他们的子女重述了老王看病的尴尬。老伴用了一个词，说是人家大夫对老王"嗤之以鼻"。孩子们也一致认为老王是自取其辱。

看病(又二)

老王的妻子、孩子、孙子都得了感冒,就找老王要药,因为老王的公费医疗待遇在他们家是最好的。

老王这几天也有点没精神,便去了医院,讲了一些自己身上似有似无的感冒症状,开了一些药,拿回家来。

全家大小病号都来吃老王的药。老王想,既是给自己开的药,自己无论如何也应该吃一点,便依医嘱吃了药,喝了白开水,躺在床上,休息。

他发现自己确实是病了。

一笑

老王刻了一枚闲章,上写四字:"一笑了之"。

老王到处题字,也是这四个字:"一笑了之"。

于是老王显得有点空灵超脱、仙风道骨。简单说,朋友们谈起老王来,都说:"嗯,这个老家伙有点道行啦。"

老李不服,便在一个有许多朋友在场的场合问老王:"你到处鼓吹什么'一笑了之',可一说起老于来,你就说他怎样品质恶劣心术不正,你说他的样子像个狼,老等着吃人……这能算是'一笑了之'吗?上次我去你家,你正为了看哪个频道的电视节目而与家人争得面红耳赤,这能算'一笑了之'吗?还有一次我在东城大百货公司看到你在退换一台收录机,你对人家售货员历数你买的那件产品的毛病,这能算'一笑了之'吗?啊,还有今年春节你请我们吃饭,结果鱼香肉丝里发现了苍蝇,你为此与服务员争吵起来,你又怎么'一笑了之'了呢?"

老王听了,哈哈大笑,说:"你说得对。"然后回头做别的事情去了。

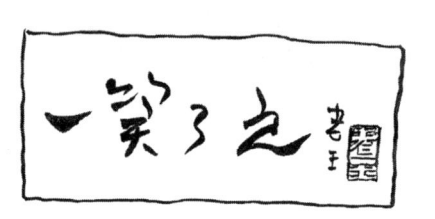

一笑了之 老王

一笑

天天过年

老王给儿孙们讲：过去，过年了才炖一斤猪肉，过年了才包一回饺子，过年了才穿一回新衣，过年了才吃一次糖果……如此这般，他叹道："现在，现在你们是天天过年呀！"

儿孙们听了，撇撇嘴，样子很不以为然。

后来他问老伴："我说得不对吗？"

老伴说："过年的意思是说这一天是旧历的正月初一，怎么可能天天是正月初一呢？"

老王说："你说的不是连白痴都知道的吗？我这里说的过年只不过是一种比喻罢了，我说的过年是一种所指和能指，无非是说现在的生活水平提高了！"

老伴说："生活水平再高也不能是天天过年。天天过年，大家还上不上班？天天过年，一天长一岁，谁受得了？天天过年，又和天天即永远没有年有什么区别？"

老王想：人啊，我爱你们啊，你们怎么都这么雄辩啦？

暖风

春节前几天气温急剧下降，人们叫苦连天。老王说："现在冷一点好，到春节天气就会变好了。"

春节到了，果然气候好了一点。老王很高兴，他说："冬天总是要冷一冷的，然后，冬天就过去了。"

春节还没过完，西伯利亚的冷空气又入侵了，天又冷得不行，头几天搬到户外的盆花都冻坏了。老王说，严冬已经是强弩之末了，这回天可该暖和啦。

果然，立春之后过了不久，天气就当真暖起来了，所有的滑冰场都关闭了。

没想到都到了雨水节气了，天突然又冷起来。老王坚信现在不会认真地冷下去的，便不肯加衣服，结果冻成了感冒。

一直到了四月，天气才确实暖和起来，然后很快就叫人感到燥热了。老王说："真是难如人意呀。"

口角炎

老王烂了嘴角,便去医院。医院说没有什么好办法,但可以在患处涂一些眼药膏。

老王问:"眼药膏,不是上眼睛的吗?怎么能涂到嘴角上去呢?"

医生说:"你这位同志可真是的,它叫眼膏,其实不一定只能上眼睛啊。"

于是老王恍然大悟,豁然贯通,点头称是不止。

冷风

今年冬天特别冷,老王感冒了好几次。

于是他觉悟了,即使自费打了德国进口的感冒预防针,也还是要小心翼翼地保护自己,不要受凉。

老王请了专人,买了最新材料,花了上千块钱,把窗户缝堵得死死的。他想,这回冷空气再也进不来了。

他自我暖和了一阵子。过了个把月,一天坐在屋里,他突然觉得寒冷刺骨。他想,今天是太冷了,这么先进的密封材料都用上了,结果屋里照旧冷。虽说是人定胜天,其实还是老天厉害。

直到春天来了以后,老王才发现,他家的窗户缝虽然堵严了,但是有一块大大的窗玻璃却不知什么时候损坏了。这一冬天,他其实一直开着半扇窗子。

这怎么可能呢?难道我傻了吗?这个洞到底是什么时候出现的呢?他觉得难以理解。

开业

老王家斜对面开了一家餐馆,都说此餐馆价廉物美,不可不吃。老王连续去了几次,觉得很满意。

两个月过去了,他发现菜肴质量渐不如前。四个月过去了,他发现菜肴价格轻微上涨。半年过去了,他不去此餐馆则已,一去就是一肚子气:饭菜质量差,服务差,价格昂贵……他诚恳地将自己的意见告诉了餐馆经理。经理说:"先生,头几个月俺们是赔着本经营的呀,现在,我们总要赚一点薄利嘛!再说,您几位刚来时觉得好吃,老吃老吃,也就吃絮叨了。唉,您说让俺们怎么办呢?"

"所以说你们必须创新,不创新,老是一股味道,什么事业都会不进则退的。"

老板唯唯。

过了几个月,这家餐馆倒闭了。

又过了几个月,新的一家餐馆在旧址开业了。头几个月,又是红火得很。

开业

开业（续篇）

新餐馆开业了。

新餐馆经营得十分成功，既传统又现代，既地方又宇宙，既充满特色又不偏不涩。尤为可贵的是，它芝麻开花节节高，每月上一个新台阶，每半年一大变，每一年变得令人认不出来。

老板以餐馆为起点，进而经营连锁店，进而经营综合餐饮服务，进而经营超市，进而与海外商业合作，接下来又投资到了尼加拉瓜，后来又成了跨国集团的精英上层人物。

老板从事大量社会公益事业，设立教育体育文学艺术基金。

老板成了社会头面人物，成为委员、代表、常务副会长、顾问。有四位作家（其中一位是某省作协副主席）围着老板转，写老板的报告文学。电视台为他拍了专题片，他被命名为"爱国之子""现代化之前锋""走向世界的尖兵"。

在老板八十岁寿辰时，各要员前来贺寿。

老板寿终正寝于九十九高龄，留下了宝贵的财富和创业精神，在一片赞美声中无疾而终，溘然长逝，备极哀荣。他为我们大家树立了很好的榜样。

大海

老王的远亲立文,在山沟里长大。立文自幼爱读书,也读了一些诗歌,他最喜爱的是普希金的诗:"大海呀,自由的元素……"自那时起,立文就渴望着大海。

二十世纪八十年代初,一次偶然的机会,南方的考察队来到山沟。那年立文刚好十八岁,人又机灵,他想方设法跟着考察队出山,去了开发区,做了房地产生意。几年的工夫,立文发了大财,第一件要办的事是在海边买座别墅。

立文平生以来第一次看见大海,他兴奋不已,他欢呼,他狂叫,他沉醉,他恨不得跳进大海,拥抱大海。

他终于住进了海滨别墅,他很满足。他别出心裁地对别墅进行了内装修,堪称数一数二。数月后,他身在海滨,却视而不见大海。之后他离开别墅,忙于商务,好久好久也不来海边一次了。

多余

老王整理东西,他发现,他买的书中只有不到一半是浏览过的,只有十分之一是精读过的。然而,他还是不断地买着书。

岂止书呢,他又看自己的衣服,有些衣服长久不穿,已经发霉了。还有些箱子长年没打开过,里边到底有些什么衣服,他自己也忘记了。

还有些纪念品,买的时候很有兴趣,买回来三年了,连包都没有打开过。

自从有了冰箱,储存的食物愈来愈多,被忘记的储存也是愈来愈多,就是说糟蹋得愈来愈多了。

他承认自己的生活确实提高了。

他感到添置一些东西的主要作用不在使用,而在于得到时占有时的那一瞬间的快乐。

置业

老王的儿女都买了新房子,孝子与孝女同时觉得父母的住房条件太差了。

孝子与孝女在自己的新居里留下了一间相对比较隔音与独立的房室,说是给老两口的。老王去住了几次,觉得很幸福,很兴奋。他糊里糊涂说了一句:"现在我算是放了心啦。"

他走了,不想再到子女这边来。他说是年纪大了,择席,换个地方硬是睡不好。他尤其不能接受的是房屋的复式结构,他即使躺在床上也老想着屋里的楼梯,老揣摩着自己从楼梯栏杆边掉下来或者下楼梯时踩空了滚下来的场面。他在想,如果摔断了脊椎会怎么样,摔断了脖颈会怎么样,一跤摔下去引发了脑溢血或者脑血栓会怎么样……呜呼哀哉!

置业

如果

近些日子,老王显得心事重重。夫人问:"你怎么了?"

老王想了想,说:"我在想,如果我是美国总统的话,我会有什么新政。比如说,我干脆不再为中国的统一作梗……"

王太太觉得挺可笑:让他假想去吧,反正不污染环境也不耗费金钱。

又过了些日子,老王说:"如果我是萨达姆,我早就自杀了。"

王太太说:"可能吧。"又提醒说:"快过年了,少说不吉利的话。"

又过了些日子,老王长吁短叹,说是他在想,如果他是日本首相,去不去参拜靖国神社呢?

太太说:"当然不去。"老王说:"倒也是。"

又过了些天,老王说:"我在想,如果我是陈独秀……"

太太说:"放屁!"

又过了些天,老王说:"我在想,如果我是鲁迅……"

太太说:"别胡假设了,你就告诉我如果你是你自己,如果你就是老王,你有什么新政、新策略、新计划吗?"

老王认真想了好久,说:"没有什么。"

就不再如果,不再假如了。

如果（又一）

每年盛夏，老王看到长江流域暴雨成灾、洪水泛滥的新闻，便叹道，这些雨如果降到干旱的华北该有多么好。

每当在电视新闻里看到高贵的洋华人等出席各种豪华招待会的场面，老王便说，如果他们降一降招待会的规格，用省下来的钱救济穷人该有多么好。

夏天或者冬天，老王常想，如果现在是秋天或者春天该有多么好。

一顿好饭吃罢，老王感觉不适，至少从理论上认识到这样贪吃有碍降低血糖血脂。老王常想，如果自己每顿饭少吃二两五钱该有多么好。

感冒发烧或者泻肚的时候，老王常想，如果身体健康百病全无该有多么好。

吃完药才阅读了说明书上关于本药品的副作用的骇人介绍的时候，老王想，如果这种药品毫无副作用该有多么好。

在百货公司看到一些高档时尚产品的时候，老王想，如果自己很有钱该有多么好。

报纸上读到某著名企业家因违法被捕判刑，某高官因贪污受贿被处决，老王想，如果他与自己一样只是一介书生该有多么好。

每当得到一位老友的遗体告别通知书、领到一份悼词的时候，老王就想，如果他或她再多活十年看看十年后的中国和世界该有多么好。

每当老王看到一群群的孩子游玩嬉戏，健康活泼，衣装灿烂，他就想，如果我晚生一个甲子，做小康中国的新生力量，该有多么好。

……却也未必，我生在那个年代，经历了日本军队的占领，经历了国民党政权的垮台，经历了新中国的诞生，经历了历次花样翻新的政治运动，经历了改革开放……我缺少过许多东西，但是从未缺少激动、热闹、喊叫、争执、辩论、表态、赶浪头、追风头、触霉头、找由头、无厘头……

"如果"了半天，如果我的一切"如果型想象"都付诸实现了，那还是太寂寞了呀。

电话号码

老王的儿子觉得老王老了老了活得很寒酸,也影响下一代的颜面,便想给老王的生活注入一些新鲜气息。

那就从更改电话号码做起,老王原来的电话号码是64414414,这么多4!而据说,4的谐音是死,没有人要这种电话号码的,就冲这样的号,也说明电话主人是一个人见人欺的窝囊废。一提起这电话号码,老王的子女也忍不住怒气百丈,对老王骂骂咧咧,还自称是"见了夙人压不住火……"

于是子女启动了改号工程,奔走了一年半,走后门,花钱,终于,新号拿下来了,心想事成,心想事胜——老王改了电话号码:88666688。全家欢呼,认为老王已经得到了全中国最好的号码,就冲这个号码,谁人不敬,谁人不畏,怎能不发,怎能不贵?号码就是身价,身价就是号码,能小瞧它吗?

谁知,从换了好号码以后,电话不好使了。整天接错电话,午夜也有找小姐的电话打到老王这里来。朋友们抱怨说,按新号拨完电话,接通的往往不是老王家而是一个什么足底按摩室。老王不信,自己跑到外边给自家打公用电话,打不通。

半年过去了,耽误了许多事,最后,老王换回了原来

他的电话号码是64414414

电话号码

的电话号码。

问题是,老王的子女用这个88666688的号,从来没有碰到过麻烦,所以父亲更换旧号令他们气得发晕。

儿子叹道:"有病!"

女儿叹道:"没戏!"

女儿想起一件事,她补充说:"我的英籍导师告诉我,中国人感到绝望的时候不说'hopeless'(无望),而是说'no theatre'(没戏),中国人多么有文化呀。"

坚守

这年春上,老王得了流感,发高烧。一面发烧,一面念叨:"不是8866,是6441,不是6688,是4414……"

老王的老伴与子女连连向老王保证:"不是8866,是6441,不是6688,是4414……"

老王的脸上显出幸福的表情,右眼角噙着一粒大大的泪珠,给人以即将溘然仙去之感。

老王的儿子心想:"只要老头子一咽气,我就改电话号码去。"

可能是由于静电的感应,就在儿子算计着改电话号码的时候,老王突然变了颜色,两眼一瞪,说:"我——还——不——能——走!"

老王痊愈啦。

古稀

老王满七十岁了。

他想起来,最震惊的是满三十岁的时候,怎么,我的青春就这样逝去了吗?他问自己,他欲哭无泪。

满四十岁的时候,他感到恐怖,他想到了死亡,他想起了"一事无成""两鬓斑白"的熟语。我怎么办呢?我怎么办呢?他不知道去问谁。

五十岁的时候,他有点高兴了,总算赶上了,能做一点事情了。与各位老人家相比,他还算年富力强的呢。

六十岁的时候,他热闹了一阵子,一些朋友来找他喝酒、祝寿。"瞧我这人缘!"老王有些得意。同时朋友们异口同声:按照当今国际标准,六十岁不算进入老年,只算大龄壮年。

七十岁的时候呢?古稀之年你有什么感想?老王问自己。

订报

由于老王住的社区人家太多,邮局每天只是把上百份报纸信件送到小区的收发室,再由收发室分好送到各家。这样,时有张报李送、订而不送、送而未订、订送脱节之事发生。

新年到了,老王多订了一份报纸。他十分担心此报可能收不到。他从早起就监视着,一直到晚上,仍未收到报纸。

老王找了物业管理值班人员,要求他们给查一下报。值班人员回答,管分报的师傅已经下班,第二天一定核对一下。

结果第二天清晨,老王的老伴在卫生间找到了此报。他们分析,是女儿用卫生间时随手拿了报纸(这其实是一个高雅的习惯),撂到了那里。

老王很感抱歉,第二天一上班就给物业打电话致歉。没想到,不等他说话,物业人员强硬地说:"我们查过了,没有您的报,您没有订。"

老王找订报收据,找了半天才找到,再找物业,有关人员又下班了。

老王的老伴埋怨说,订一份报这么麻烦。老王说,这样也好,原来是他抱歉,现在是都抱歉了。

检查

老王脚关节疼痛，去医院诊治。先看外科，验了血，一切正常，证明没有什么炎症。

再看骨科，照了光，证明并非骨科疾病。

再看内科，做了血液的生化检验，证明尚不是脚痛风。

又看皮肤科，证明脚痛与脚癣等真菌感染无关。

……老王终于悟到，医学设备与技术的精良，有利于确定你得的不是什么病，而仍然确定不了你患的是什么病。

哒哒

这天早晨，老王太太抱怨说："昨天晚上睡得太坏了，不知道我们的上层是哪一位，每到午夜以后高跟鞋就哒哒哒、哒哒哒地走个不停，吵死人了！"

老王很吃惊："什么？是楼上？怎么我从来没听到过？"

"我真羡慕你，你睡得多么好！"

又过了几天，老王太太又说被楼上的高跟鞋吵了，失眠。

老王唏嘘一番，一头雾水。

这次老王夜间起床去卫生间，回来时听见轻轻一声哒哒。

老王开始时未以为意，过了五分钟忽然明白：这就是夫人为之苦恼的高跟鞋声！

有了这个思路，老王恍然大悟，兴奋起来，像捕捉罪证一般竖起耳朵，寻找哒哒声。

果不其然，又一声哒哒哒。十分钟后，又一声哒哒哒……

什么人？为何深夜哒哒不已？是高跟鞋还是木屐？木板拖鞋？挂了小铁掌的皮鞋后跟？是深夜苦学？是做爱以后？是神经衰弱？……

老王的老年生活增加了一个节目：寻找、聆听、思索深夜的哒哒。

线索

一九五九年九月十一日,老王的住所失窃了。那时他刚刚结婚,住到一个小单元楼房里。他与妻子出了一回差,回来一看,房子有人进来过了,他的收音机、马蹄表、铁皮暖水瓶、两瓶二锅头,还有七十二元现金,都没有了。

案件的发生非常奇怪,老王当时回到家里,只见一切整洁卫生,门窗无损,秩序井然。他不相信是真的失窃了。但又很难不信,因为差不多所有值钱的东西都丢失了。

然而没有指纹,没有脚印,没有异味,门窗完整,没有开过,总之,什么都没有。

派出所的人来了,保卫科的人也来了,做了笔录,照了相。他们没要夜餐补助,说是还要搞什么摸底排队。最后,无结果。

老王的妻子半开玩笑地说:"也许是狐仙拿了咱们的东西,和咱们开开玩笑。"

老王后脊背直冒冷气,他没敢说。头几天,他梦里看到了一只银色的狐狸,极美丽和有灵性。他不敢告诉妻子,他其实是爱上那只狐狸了。

后来年长一些了,他想,人生当中确有许多难解之谜,不用说那些高深重大问题,就他家这点东西谁拿了,也不是容易破解的。可以说,拿他家的东西的人是N,或者是X;

那么 N 或 X 又等于啥？是狐仙不是？谁知道？

由于查不出是谁偷了老王家里的东西，历次运动中老王都受到了审查："你的住所一九五九年九月十一日失窃，到底是怎么回事？是真有其事还是你假报案情，掩饰自己，并干扰我专政机关工作？"

"绝不，绝对不是，我的家就是失窃了。"

"如果是真的，那么为什么没有线索，没有做案痕迹？"

老王心虚，无言以对，并且拼命回忆反思，但没有线索到底是什么问题。

一年又一年，一月又一月，老王的历史问题查清楚了，政治态度有了结论了，没有制造假案也大体被认可了，老王的心电图脑电图肺叶分层扫描图也都做出来了，就是说也查清了，连老王的海内外社会关系、海峡对岸亲友状况也闹清了，就是他失窃的事到底应由谁负责查不出来。

直到二〇〇一年九月十一日，发生了美国纽约世贸中心大楼遭到恐怖分子袭击的事件，老王才恍然大悟，九一一是一个重要的线索，或象征，或标志，或密码。

有识之士都认为老王瞎掰，两个九一一只是巧合，没有任何联系，那个时候还没有塔利班，拉登也还只是小儿，美国也没有现在这样牛皮。再说，偷他家一个马蹄表有什么政治意义国际意义？两件事畸轻畸重，怎么能往一块儿拉扯?

  然而,既然没有别的线索,这就是线索,何况反恐大业还远未完成。老王估计,至少还要反五百年。那么,老王绝对不可以放弃这个线索、标志、象征和密码。他死了有儿子,子又生孙,孙又生子……他希望早晚能破这个案。

线索(又一)

老了老了,他加强了对于《聊斋志异》的阅读,他想以一些学术大师为榜样,把《聊斋志异》彻底背诵下来,做到你说哪页哪行,我立即脱口而出,毫厘不爽。既然这年头科学不甚吃得开,懂科学的与不懂科学的都在那儿说科学,不如干脆研究狐仙。也许可以从狐仙的故事中得到启发,悟出点名堂来。

老王研究狐仙的消息不胫而走了,朋友建议老王成立一个"狐仙民俗学研究会",纯学术性,跨学科,绝对不搞邪门歪道。另外一个朋友建议叫"狐文化研究会"。狐仙民俗学好还是狐文化好?老王想得失眠不已。

老王一笑,成立研究会,他想也没想过。

但是这个消息又传出去了,三个月中,老王收到了几百封信,有一百多封是要求参加研究会并希望做常务理事的,另外更多的则是讲本人的经验:受到狐仙的戏弄了或者丢了东西查不出原委来或者碰到了美人再也找不着踪迹了……他们的故事都非常生动感人,出版商建议老王将之汇编成册,保证畅销,能获得良好的经济效益。书商预测,此书第一版可以印到四十万册,然后出系列丛书。书商并约了几个学者写序,有的侧重于批判狐仙故事的荒谬;有的侧重于赞美狐仙故事的美好与中华民族的出色想象力;

线索

有的指出，中国的狐仙故事与当代观念契合，体现了人狐亲和、天人合一的宝贵传统。书商建议，出书后干脆召集一个狐仙民俗学（或狐文化）研讨会，发展独特学术，并为书籍促销。

书商宣布，借《万象》一隅向社会各界征求狐仙正名方略，中标者可获一万元奖金。

用药

老王到医院去看病,碰到了不少熟人。

第一个熟人取完药,悄悄告诉老王:"我的这个药是最新从德国进口的,是去年才研究出来的特效药,本来是不能报销的,我们主任特批,我才拿上了这种药!"

老王唯唯,敬佩有加。

第二个熟人取完药,对老王说:"我这个药与×××领导人用的药完全一样,昨天刚刚给×××开了这个药,今天就开给我了。我认识内科主任,才给我开了同样的药!"

老王频频点首,完全相信,敬重崇拜。

第三个熟人打完针告诉老王:"你知道我这一针缴多少钱吗?一般人根本是注射不起的,打这一针比旅游一次澳大利亚还昂贵!"

老王失色,做大土帽状,念念有词:"打不起呀,打不起呀……"

老王终于与三个大牌熟人分了手,他很庆幸,不必用德国最新进口药物,不必与×××比用药,也不必用游澳大利亚的钱打针。

明星

老王在电视屏幕上看到当年红了一阵子后来不见了的某歌星唱歌,发现她已经老多了,唱得也不好,倒是比当年能侃了,滔滔不绝,巧言令色……当年的感觉已经找不回来了。老王道:"唉,唉……"

老王在电视屏幕上看到前一阵有点虚胖的某主持人,最近身体已经恢复了线条,太太分析前一段可能是生过孩子。老王叹道:"唉,唉……"

老王看到某影星在电视屏幕上亮相,化妆虽很成功,仍然露出了眼角和嘴角的皱纹,老王叹道:"唉,唉……"

老王看到一个又一个的新人、年轻人、漂亮人、帅人成了明星,他说不出他们的名字,常常把他们混淆,张冠李戴,指赵为李。老王感到自己是老眼昏花了,叹道:"唉,唉,唉……"

明星（又一）

老王搭乘一家豪华酒店的电梯下楼，在自动电梯间里看到另一位客人，女性，脸皮黄黄，身材标准，对老王似乎一笑。老王赶紧回应一个笑容，对方却转过了脸去，恰似在躲藏什么。老王觉得没脸，觉得怪怪的。

一出电梯间，一群摄影记者就对着他们乱拍，女士摆摆手走出酒店大堂，径直向接她的一辆宝马车走去，上车，飞速离开了。

记者追问老王与大明星×××是什么关系。老王骇然，他说他根本不知道与他同乘电梯的人是谁。

众记者终于明白了，便互相取笑了一番。老王越发觉得惭愧，觉得自己才是真正的笑料……本不该与明星同乘电梯，自己有高攀名人的嫌疑。

美容

老王的堂弟小王,跟他的妻子恩恩爱爱。小王的妻子是外科医生,日前她与几位同道联合,经办手续,开了一家美容医院。

于是小王的妻子率先做了美容,垫高了鼻梁,笔直挺拔。她在面颊的左侧又做了一个酒窝,一笑就显出深深的一个坑,很有点中西结合的混血儿的样子,的确比原来的她漂亮多了。

小王乍见到他的妻子,愣在那里,目光茫然陌生。妻子在他的脑门上给了一个轻轻的吻,又说了一句:瞧你的。这是她的习惯动作和用语,小王这才认同她是他的妻。

小王的妻子回味着丈夫的眼神,以后的日子她再也没有那样的习惯动作了。

配眼镜

老王的视力似乎每况愈下,原来,他的矫正视力是一点二,现在,连一点零都达不到了。

医生建议老王另配一副新眼镜,并暗示他现在戴的镜子(还是一九六一年困难时期配的,赛璐珞框,托力克玻璃镜片的)太落伍了。

老王接受了医生的意见并感到激动,在换掉这副老镜子之后,他身上就完全实现了现代化啦——任何旧物都没有了。旧家具早已卖给了废品公司收购站,旧杂志搬家前已处理干净,旧服装好一点的送给了保姆,差一点的改成了揩布和拖把。

老王与太太、子女商议,大家欢呼,老王早就该换眼镜了。子女赞助加老伴拨款,一共给了老王八千余元,责令他必须配一副质量位于一般人戴用的眼镜前列的变色树脂镜片,用最新航空材料轻金属做框的时尚眼镜。尤其是女儿强调:"要戴出尊严,戴出子女的孝心,戴出知识分子的地位,戴出全面小康的大好形势来!"

老王唯唯。心想,一辈子窝窝囊囊,老了老了还不戴一副好眼镜!

他从善如流,认真贯彻,验光再验光,电脑验完了专家验,普通验完了散瞳验,最后花了八千零一十元在中日合资的一家眼镜店配了副高档好眼镜。

他心里还是有点不安,弱势群体怎么办?不用说别人,就他们楼里的电梯工,一年也挣不上这样一副眼镜。

他照照镜子,觉得不像自己了,觉得显得学问大了地位也高了。

只是,只是,视力仍无改进,他去医院查,矫正视力只有零点六了。他去问大夫,大夫说,人老了视力减退是正常的,也是不可逆转的呀。

乒乓球

老王常常回忆起从上世纪五十年代后期到六十年代中国发展乒乓球运动的情景，姜永宁、孙梅英，这是最早在世界青年联欢节的比赛上获得名次的中国运动员。姜好像还是归国华侨。这两位乒乓球先锋结为伉俪，也是佳话了。

然后是容国团、丘钟惠……最兴奋的还是六十年代，虽然那时天灾人祸，饭都吃不饱，但是大家仍然为庄则栋、李富荣、徐寅生、林慧卿、郑敏之……狂热万分。

后来还搞什么友谊第一、比赛第二（这当然是对的），落实为让球，则给人以烧包的感觉。

老王现在也常常看电视转播的乒乓球国际比赛，但是他多半会窃自祝愿外国运动员赢。好容易白俄罗斯出了个萨姆索诺夫，德国出了个波尔，结果还是多次败在了中国队员手下。

老王问自己："难道是自己的爱国情绪出了问题？"

他又想起，在他看王楠与张怡宁或者牛剑锋比赛的时候，也总是盼着王楠的对手赢。

人们不喜欢老是一个人或一个队胜利，人们期盼着赛场上时时出现新格局。不是说天道无常吗？可是对于老冠军来说，对于最优秀的人来说，天道——民心，真是残酷啊。

旧书

老王没事就读书。新书有时候看不进去，有时候读了好几天不知所云；有时候边读边忘；有时候读了一大堆新名词，最后才明白，书上写来写去不过是老掉牙的那几句话："哎哟，好花不常开，好景不常在哟。""哎哟，我爱你你不爱我哟。""哎哟，他们运气好，我的运气怎坏哟。""哎哟，小人得志，虎落平阳被犬欺哟，咿呼呀呼哎……"

不如温习旧书，读《说唐》，读《精忠岳传》，读《红楼梦》，读《道德经》，读《木偶奇遇记》，读《天演论》，读《块肉余生记》……但读得最好的是《唐诗三百首》，老王从六岁开始背诵《唐诗三百首》，一直到七十多了，还是爱读《唐诗三百首》。

旧书一读就明白了，而且觉得很新鲜，旧书的书眉与边角上还写着一些批语，批语也写得非常精彩，令老王叫绝。这是谁写的呢？

看看字迹，当然就是老王写的。就是说，这些书，老王读过多次，而且做过批注什么的。

怎么现在读起来就跟读新书一样呢？这是不是说明过去的书都是白读了呢？老王想不明白。也许书写得太好，百读不厌，永远体会不完，发掘不完，常读常新，万世常青？

旧书

也许老王的记忆力太差,读了就忘,忘了就新,再读得多也是没有用?也许人一生读书自有定数,不论读多少,有兴趣的读得进的不过是几本?也许一代人有一代人的嚼谷(天饷),他到了这把年纪,也就适宜读读旧书了?也许……

不管什么原因吧,反正老王现在读一切新书都读不大进去,而读旧书得到了许多新鲜感。正是:"应叹书新应似旧,可怜人老便如痴!"

唐诗三百首

老王最近得了一场重病,病中回想自己一生读过的书,全不记得了,只记得一部《唐诗三百首》。这种感觉使他觉得奇妙,什么书都没有了,只有不会引起任何反应的《唐诗三百首》。看来,人生呀,读书呀,学问呀,本来都是极简单的事,是糊涂人把它们搞复杂了。

病好了一些,老王首先忙的是找《唐诗三百首》。怪了,那么多书都找到了,就是没有《唐诗三百首》。

老王生气,待再稍微康复了一些,他第一次出门就打算去新华书店买五本《唐诗三百首》。

他去了几个书店,发现那里有那么多书,好书,新书,洋书,古书,就是没有《唐诗三百首》。

最后老王成功了,他终于在一家书店买到了五本《唐诗三百首》。

有孩子们来也有客人来,发现老王家的《唐诗三百首》太多了,于是这个也拿那个也借,最后,老王家里又找不着一本《唐诗三百首》了。

老王终于明白,在家里留一本《唐诗三百首》,而且想看时顺手能拿出来,也不易。

自行车

老王有一辆破旧的女式自行车,是孩子淘汰下来他接收了的。遇到近处有事办,他喜欢骑自行车去:买牛奶,买菜,去邮局发信,理发,去银行缴电话费……

先是街对过开了大型超市与购物中心,各种必需商品几乎被一网打尽,他再也不需要骑车了。接着,邮局、银行等也在近处开设了营业点,他走几步就到了。

接着是汽车愈来愈多,交通秩序愈来愈乱,骑自行车愈来愈危险。

骑车的机会愈来愈少,去年一年,老王只骑过一次车。

太太建议老王把自行车处理掉,一是白白地花存车费,每月十元,倒是不贵;二是交通秩序不好,老王一说骑车,太太就神经紧张;三是一辆车老是不骑,会自行锈掉烂掉;四是不骑自行车了,老王可以多与太太并肩散步。

老王仍然不肯。他说,我宁可一次不骑,也不能无自行车,也不能就这样宣布退出了骑自行车的行列。想到自己在存车处有一辆自行车,想到自己有可能骑上车在马路上逛荡,老王觉得安慰。

眼药水

近来老王眼睛常痒,便点眼药水。他认识附近一家医院的眼科大夫,便购得了大量抗菌素眼药,包括原装进口的"好药"。说是好药,因为它们价格昂贵,而且熟人大夫告诉他,某高级首长最喜用此种眼药。

老王想,现在已经是全面奔小康的时期了,不必抠抠搜搜,便购买了大量原装进口眼药水,并且增加了用量。

结果是愈点得多愈痒,他只好换了一家大医院挂专家号去看眼。大夫说,你这是对眼药水过敏,赶快停止用药吧。

后来,老王不再点进口眼药水了,他的眼睛也就渐渐好了。

食指

老王去参加一个春节团拜会，碰到一位熟人，这位多年未见的朋友说话时劈着腿，而且不断用食指指着老王。

他的站姿与手势令老王深感别扭。当天晚上他睡不好觉，一闭眼睛，就觉得眼前站着一个劈腿之人，用食指对他指指画画。

他背着家人去看了一趟心理医生，留美的医学博士告诉他，不许用食指指人，是西俗，这与弗洛伊德的心理论述有关，他们认为食指代表阳具，用食指指人有猥亵与污辱的意味。咱们中国，是不讲性不性的，不会有这种习俗，你的那位熟人的手势也断无恶意，你就不要神经过敏了吧。

医生还建议，如果你老是不能释然，下次你见到什么人，你就用食指指着他说话。说到这里，美国博士哈哈大笑。

老王觉得笑不出来。

体检

老王的单位近几年每年为处长级以上或副高职称以上的工作人员免费进行身体检查。老王发现，今年的检查更加复杂了，用的进口仪器更加先进了，花费的时间更加多了，检查的项目也增加了。

怎么这样麻烦？老王念叨。

朋友们各抒己见，分析说：

本来好好的，检查什么身体呀，纯粹是没病找病！

医学技术与手段真是突飞猛进呀，现在的体检哪儿能与过去的摸摸、敲敲、看看、听听相比。

认真一点查，也是送温暖嘛，也是组织的关怀嘛。

不检查复杂一点，上哪儿挣钱去？

环境恶化了，竞争加剧了，病毒变异了，不可着劲儿查，哪儿查得出来呀！

检不检，由你定，怎么检，听人家的不就得了！

中国人缺少的就是科学精神，中国人最糟糕的传统是讳疾忌医，不让检查身体大家都很踏实，一检查身体反倒什么怪话都来了。

喀秋莎

过去原苏联大使馆附近有一家俄式餐厅,老王常与老伴同去,喝格瓦斯,吃高加索烤肉和基辅鸡卷。尤其是,他们在那里听到了俄罗斯男女歌手唱歌,《喀秋莎》《莫斯科郊外的晚上》《小路》和《我们明朝就要远航》。

后来因为建设的需要,这家餐馆与周围一批房屋都被拆除了。

老王到处打听餐馆的去向,不得要领,好像是说餐馆的效益不好,老板借拆迁的机会把餐馆关闭了。

许多年以后,老王的老伴在报纸上看到一条广告,说是某处开了一家俄罗斯餐馆,每晚那里除供应红菜汤酸列巴以外还有歌舞表演。

得知此情况后老王大喜,这天,老两口穿戴整齐,精神奕奕,前往新开张营业的俄罗斯餐馆就餐,期待着重温自己的俄罗斯旧梦。

然而,饭菜的味道不尽相同了,加上了显然属于法式、意式还有墨西哥式的菜肴:乡下浓汤、鹅肝、斯帕盖地(意式面条)和肉末红豆酱。相反,并没有黑鱼子,没有荞麦粒做配菜的猪排。尤其是,没有格瓦斯,没有伏特加,却有苏格兰威士忌、人头马白兰地和高价的原装香槟。

歌舞表演一开始,老王更感觉意外了:没有《雪球树》,

有苏格兰炸酱面和巴西盖浇饭

喀秋莎

没有《灯光》，没有《越过高山越过平原》，却有《猫》里的《回忆》，有《保镖》和《泰坦尼克号》的主题歌，有桑巴舞和肚皮舞……

而且，演员不是从俄罗斯来的，而是从菲律宾、从巴西、从深圳来的。

当老王怯生生地问餐馆工作人员能不能唱一曲《喀秋莎》的时候，餐馆人员说："现在还有谁听那个？您看，咱们这里这么多俄罗斯顾客，您问问他们，还有谁要听《喀秋莎》？"

……老王糊里糊涂地点了点头。

踏实

老王与太太共同去购物中心百货商场，打算各购买一双好一点的皮鞋，他们的鞋子不够时尚，因此受到了儿女的严厉批评与督促。

就在快要到达购物中心的一刹那，两个戴着头盔的骑摩托车的人抢走了王太太手里的钱包。

王太太吓了一跳，接着是佩服抢劫者的动作的利索，接着是庆幸自己的人身安全没有受到任何损失。破财免灾，破财免灾呀！他们互相慰勉，似乎发生的是一件好事。

尤其是他们俩都感到了一种轻松和踏实，他们不必再去逛商场，不必去比较皮鞋的式样、成色和价钱，不必担心买了上当的货品并且证明了自己的老土，不必怀疑自己已经丧失了分辨真货与假货、真商标与假商标、好货与赖货的能力，不必再与售货员小心翼翼地讨论货品的性能与价格，尤其是不必试探砍价的可能性与正当性，不必再向亲友解释为什么自己买了这种商品而不是那种商品，不必交钱被怀疑是假钞而拿到验钞机灯下检验、自己却完全没有可能检验对方找过来的钱的真伪，不必老大年纪了还要穿新鞋走老路，不必忍受赶时髦而又没有赶对的讥讽，最主要的是不必穿一双自己从来没有穿过的价格昂贵的鞋子了。

他们感到前所未有的踏实。

空调

老王的孩子们孝敬父母,一口气给老王家安装了三个海尔空调。

天热了,室内温度达到了近三十摄氏度,老王换了短打扮,喝着大碗茶,吃着西瓜,觉得很舒服。

孩子们来了,大骂父母吝啬:这样热了,怎么能不开空调?你们就不知道,美国的尼克松总统,专门在夏天大开空调,然后在白宫的总统办公室生起壁炉?总统喜爱欣赏壁炉里的劈劈啪啪燃烧着的火焰呀!知道吗,这不是浪费,这是派!

叭、叭、叭,三个空调都开开了,凉风习习,暑热无踪,倒是还不需要生炉子,不管是壁炉还是蜂窝煤炉。老王道声惭愧,赶紧加衣服,关窗户,同时幸福地笑了。

……冬天到了,还没有到供暖时间,老王与妻子穿上丝绸小袄,穿上毛线袜子,吃着小火锅,觉得遍室生春,煞是福气。他们叹息道,就是在首富的美利坚合众国,也还有人无家可归,也还有人难免冻饿之苦啊。

孩子们来了,大怒:我们的双向空调难道白买了吗?你们以为这样做是节约吗?告诉你们二位,三个高档空调,价格逾万,购而不用,闲置生锈,这才是最大的浪费,也是对科学技术与技术工人的最大不尊重!

老王两口子唯唯，赶紧开空调，换衣服，调整食谱，初冬也要吃北京凉粉与韩国冷面。

老王苦笑，不但北京粽子与广东粽子消灭了差别，连一年四季的差别也正在趋于泯灭，听说今后的空调还要改进还要方便呢。

食品

老王看电视上的"质检报告"栏目,得知了许多不法坏人制作假冒伪劣食品,毁损消费者健康的故事,触目惊心,长叹愤怒不已。

于是他见到通红通红的西红柿就认为是注射了颜料,看到长长的豆芽菜就认为是加了化学药剂,看到太仓肉松就认为是用病猪死猪制造的,看到奶粉就相信自己服用了也会变成大头娃娃,看到茅台酒就怀疑掺了敌敌畏……一个月后,他的体重减轻了三公斤,血脂血压也都呈下降趋势。

有一天来了一个老友,说起食品安全的问题,老友突然激动,喝道:"说下大天来,不管有多少含毒多菌食品,也不管有多少流言蜚语、明枪暗箭……我们活到了今天,健康活泼,天天向上,容易吗?"

说得两位老友热血沸腾,泪眼婆娑,乃仰天长啸,壮怀激烈。

套话

老王家附近开了一家大超市,每次一进门就有侍立的礼仪小姐说:"欢迎光临。"缴费时,出纳小姐又说:"多谢惠顾。"离店时,还有人说:"欢迎下次再来。"

始则受用,老王想,市场经济发展起来真是不一样,服务态度改善了,文明程度也提高了。

老听这几句话,听得耳朵起了茧子,老王厌烦了,心想:"啰唆什么?纯粹形式主义!白费唾沫星子。"

再后来,连厌烦的感觉也没有了,听到了如同没有听到。

一次偶然缴费时出纳没有说"多谢惠顾",离店时也没有听到"欢迎下次再来",老王觉得很失落:"为什么他们不欢迎我也不感谢我了呢?"

他想不通。

空楼

在海滨风景点有一幢规模巨大的空楼,据说是某部门的领导挪用救灾款修建的,施工过程中被纪检监察部门发现,领导人撤职,大楼停工。走过这里,看得到的是巍峨的层层楼体,如拳击冠军的盘盘金腰带,雄壮的身影,如一座纪念碑。只是没有安装门窗和楼梯,"腰带"之间便显出一道道的黑暗与空虚。

第一年走过这里,老王看到了全楼的脚手架,但看不到工人施工,并听到了有关该楼被停掉的原委,老王为之叹息。

第二年走过这里,老王看到了脚手架的钢梁上锈迹斑斑,楼房四周的洋灰砖地缝隙里长出青草,老王为之心痛。

第三年走过这里,老王看到脚手架已经撤去,老王莞尔一笑。

第四年……第五年……第六年……老王渐渐趋向于视若无睹。

第七年走过这里,黄昏时分,夏日的上弦月挂在楼顶上空,楼周围只有蒿草野苋菜却看不到洋灰砖了,一片盛夏的草香。老王听到从空空的楼架子中传出了类似萨克斯管的吹奏声,幽幽地不成腔调,像是初学乐器,又像是后现代无调性的天才的呜咽。老王大骇,怎么这里有人?人

空楼

会怎样爬上去呢？怎么可能有人在这里练习管乐？请想一下，老王自己愿意不愿意到危险的空楼上练习吹奏呢？

只这样一想他已经热泪盈眶了，他一辈子竟然没有干过一件这样出人意表或者催人泪下的事儿。

他觉得这里应该有一个故事——没有人知道的故事。如果他是作家，他一定要把这个故事写出来。

一路平安

早在上初中的时候,老王在音乐课上学会了唱苏格兰民歌《一路平安》。后来,他在电影《魂断蓝桥》里又一再欣赏了这首歌曲。

他参加过一些舞会,他虽然不会跳舞,但还是在每次舞会结束的时候为这首乐曲的演奏而感动。他听人说,这首曲子本来在苏格兰是一首圆舞曲,后来被奏成"慢四步",即每小节四拍了,他也觉得有趣。

最近在一些场合,他屡屡听到这首歌的旋律,是一个萨克斯管的独奏,像是嗷嗷地叫,音量不小,但音质音准都靠不住,初始莫名其妙,后来才知道是手机的铃声。

手机铃声里还有《夜来香》《甜蜜蜜》《在北京的金山上》《浏阳河》等。从此,他一听到广播、电视、唱盘、盒带里的这些歌曲,就觉得是有人打电话进来了。

见人就……

老王问夫人：为什么孩子对我们说话那样强硬？我们究竟做错了什么？

太太说：我问过孩子，孩子说，他是见了尿人压不住火，他觉得我们这一辈子太窝囊太老实太谦虚太胆小太退缩太保守太吝啬太不懂得享受太不懂得为自己谋一点福利了。

老王点点头，从此见了孩子更是心虚气短、满脸愧色了。

孩子问爸爸、妈妈：你们怎么愈来愈这个样儿啦？

老王说：我们只不过是见了火人压不住尿罢了。

错号

有一段时间,老王常常在家里接到要错了的电话:"您是爱菲俱乐部吗?""您这儿有治疗白癜风的特效药吗?""报警,报警!""有外卖吗?""是赵书记的家吗?""有没有优惠价的澳柯玛空调?"

老王觉得十分有趣,并总结说,从叫错了的电话中,听到了全市人民奔小康的脚步声。

老王太太觉得难以容忍,便向电话局投诉。经过检查线路,排除干扰,再没有这样的错电话来了。

老王一下子寂寞了许多。他悟到,没有错号只有精确目标的世界是多么缺少幽默感啊。

沐浴

终于,老王家里安装了良好的洗浴设备。为了节约用水和能源,更由于老年男性的皮肤干燥瘙痒症,老王规定自己出过大汗就洗澡,如果汗水不多,就隔两三天再洗。

这天天凉,老王一天都没有出汗。入晚,他惊惧了,一天不出汗怎么行,美国一位金发女星,就是因为拍"007"电影时浑身涂了金粉,闭住了汗腺,不幸毙命的。

怎么办呢?只有洗热水澡。

他洗得很痛快,并认定自己挫败了一次感冒的威胁,说不定是一次酝酿中的SARS。只是第二天全身痒得要命。

时尚

老王买了一件中式系纽襻的粗布衫,穿着很方便。于是他又买了一件大裤裆的农家粗布裤子,穿起来好不自在。

孩子们见而欢呼:真酷呀,老爹,真是超等时尚呀!想不到您老了老了还有这么一手儿呀!

老王大惊,怎么穿中式衣裳、农家粗布倒成了时尚啦?真正的时尚不是应该穿意大利的华伦天奴、戴铱金镜架蛤蟆眼镜、蹦迪斯科、喝法国干红和谈论法兰克福西(方)马(克思主义)学派吗?

孩子们解释说,反时尚,特立独行,正是当今最大的时尚。比如大家都盼着吃燕窝鲍翅,都盼着吃法式大餐,您偏点着吃野菜,吃烤白薯,吃煮籺籺(一种用玉米粉做的块状食品,煮后食用);比如大家都讲 English,您偏讲四六句的骈体文;比如大家都奔钱,您偏说现在人们贫穷得只剩下了钱……您说哪一种最时尚?当然是后一种啦!

老王不解,时尚当然是时尚,不时尚、反时尚也是时尚乃至更时尚,时尚成了如来佛的掌心,孙猴子无论如何是逃不出去啦……这么说就没有不时尚的人了吗?

老王又想,怎么这个年头这么兴时尚,就和当年兴留辫子、剪辫子、共和、革命、穿军大衣戴军帽、翻身、伤痕文学、喝红茶菌、练气功、出国留洋……一样?

时尚

光头

盛夏酷热,老王要去理发,他与夫人商议道:"我想推个光头怎么样?"

夫人焦躁起来,连说不可。夫人分析说:推光头者的前提条件是头要长得圆,光而圆,圆而光,是样儿,而你的头,如冬瓜,如长茄子,如子弹头,光起来不雅,对社会影响不好。再说现在又不是搞"文化大革命"那几年,那几年你推了光头,完全是为了逃脱红卫兵抓头发,现在政治这样清明,社会这样安定,人人奔小康,个个拜财神,你推光头做啥?

老王不服,怎么推个凉快舒服的头都不行?七十多的人啦,梳小辫也不会有什么影响不影响的了。上次一位退休老同事谈自己退休后的心情时说:"现在,我是谦虚也不得进步啦,骄傲也不怕落后啦……"难道不必谦虚不怕骄傲的人倒怕起推光头来?

为了家庭和睦,老王推迟了光头工程。星期天,他与孩子们商议,大家立即分成两派。言可者力辩说:光头,与披肩发一样,正是时尚,美国的跳水王子是光头,外交发言人也是光头,某国元首是光头,某大学问家也是光头,光头是男子汉的专利,是性感魅力,是老而不衰的表现,是自由解放的象征,是爸爸自主意志的胜利,是社会进步文化多元化的一景……

反对者反驳说：美观是女人也是男人的第一需要，美观是青春更是老人的权利，尤其是义务！头发是人类最美的一部分，就像孔雀的羽毛。伟大人物是不怕光头的，罗斯福还是小儿麻痹后遗症患者，还坐轮椅呢，就因为他是罗斯福，坐轮椅也好看，坐轮椅是风度！而爸爸老王，本来就一生蹉跎，一事无成，最后再弄一个光头叫人取笑，你们为什么不实事求是地考虑问题呢？

老王听得聒噪，便勇敢地径向离家近的一家理发馆走去，他决绝地悲愤地对理发小姐说："光头！"

青春焕发的理发小姐似乎没有听见他的话，而是动员他道："您老的头发很不错呀，您焗点油吧，您！"

……这样，老王不但没有推成光头，而且染了黑发，焗了油，油头粉面地回了家，并为这油头粉面交了一百多块。老王并且告诉太太说，那里有一位理发员，长得像一位香港电影明星。

新鲜

老王去超级市场购物。妻子对他说:"记住,购食品前一定要看出品日期,一定要当天的,头一天的也不行。"老王牢记,见到东西先摘下近视眼镜查看日期,偏偏一些食品生产厂家把日期印得模糊字体又小,似乎故意不让顾客看清楚。他瞎目觑眼地挑上一阵,常常没有挑准确,买回家的东西达不到妻子对新鲜的要求,深受责备,深感愧疚。然而,东西买回家后,有时一连放上五六天才开始食用,老王不明白,既然如此,又为什么对购物的要求这样苛刻呢?

节食

老王的血脂、胆固醇等指标有点偏高,医生劝告他一定要节食。

老王是一个没有受过系统的科学教育却又笃信科学酷爱西医的人,从此吃什么都注意节制,他给自己制定了几个原则:一、越是想吃越不吃;二、越有营养越不吃;三、越饿越不吃;四、谢绝一切吃喝应酬……

他坚持了一个星期,突然,在路过一家肉食店的时候激动起来了:节食的目的是多活几年,多活的目的难道不包括多吃几年吗?活的目的当然不仅仅局限于吃,但是,难道能够把活与吃分离或者叫作剥离开来吗?

他在悲愤中买了一斤猪头肉、两个热烧饼,拿回家,就着二锅头,一口气全吃了。

这次节食失败以后,他突然对吃大鱼大肉的兴趣顿减,再也不想什么"解馋"呀、"猛撮"呀的啦。

现在,他的进食分量已经比较得当了。

节食

回忆录

老王说是要写回忆录了。老伴觉得他退休以后老在家里闲着也不是事儿，人家说太闲了容易染上不良嗜好，或发展成精神疾患，或提前给自己的生命画上句号，或什么什么的，于是咬牙切齿批准他买了一台电脑。电脑性能很先进，30G的硬盘，256M的内存，还有奔4的驱动什么的。

于是老王爱不释手，今天操作它的这个功能，明天操作它的那个软件；今天把墙纸换成大海，明天把墙纸换成白云；今天调音响，明天调画面；时间显示已经精确到分了，不行，还要精确到秒。为了清洁屏幕，买了鹿皮软巾；为了清洁键盘，买了特制小刷；为了更彻底地放电充电，又搞了一套特别的软件……遇到病毒入侵，老王更是兴奋，指挥着各种杀毒软件杀杀杀，好像玩起了战争的游戏。

除了没有动笔写回忆录以外，这台电脑使老王忙活起来了，情绪也相当不错。

宿命

老王最近常常听到宿命一词。一位资深编辑没有评上编审,叹气说:"这是我的宿命啊!"一位能干的青年没有升上副局级,也叹息说:"这是我们的宿命啊!"一位自我感觉良好的作家出了书却无人问津,叹道:"这是我们的宿命啊!"

老王想,不但是宿命,而且是"我们"啦,"们"字是从哪儿来的呢?

一位主张严格按照医嘱服药和一位主张对医生"不可不信也不可尽信"的朋友抬杠,两个人都说:"主张什么的都有,这就是真理的宿命啊。"

这两个人的宿命如何老王弄不明晰,倒是那个病人,那个不知道听哪个宿命更好的癌症患者,终于去世了。老王想,这可真是他的可怜的宿命啊。得了癌了,还得听关于真理的宿命的争论。

老王觉得他们用词不当,比如说"这就是命啊",不就行了吗?说成"宿命",有点故意装腔作势。这究竟是个什么问题呢?是修辞学还是心理学呢?我怎么听起来这么别扭?

老王乃讨厌自己的无事生非与多管闲事,解嘲道:"这就是我的宿命啊。"

解说

世界杯足球赛期间,老王常常一面看电视实况转播一面批评节目主持人的解说。就是说主持人评论赛事,老王评论主持人:

"信口开河!"

"瞎说!"

"你踢去呀!"

"说着倒是容易!"

"你倒是老有理!"

"马上改了词儿啦……"

老王的妻子则评论老王的评论:

"你少说点行不行?"

"安静安静,这不是,关键的一句话没听见!"

"听你的还听中央(电视台)的?"

"你真讨厌!"

"无聊!"

老王勃然大怒,按下静音键,拒绝向自以为是的解说让步。

老王的妻子怒气冲冲地回到自己的卧室,不看了,拒绝向老王的神经质让步。

赛完球,老王的孙子走过来抱怨:"今天怎么把电视机的声音开得那么大,吵死我了,我都没法做功课了。"

乒乓

老王不善体育，但乒乓球打得还凑合。三十岁的时候，他在机关联赛中得过第九名。

年近七十了，有一次与一位小伙子打了两场球，他都赢了，引起一片喝彩，说是"老当益壮"啦，"廉颇未老"啦，"姜是老的辣"啦，"六十岁的人三十岁的心脏"啦……

老王大喜，于是继续向众青年挑战。虽然他很快乐很兴奋，虽然他充满必胜的信心，虽然他的精神状态堪称超一流——根据传媒的说法，有了这种精神状态，中国足球早就得了世界冠军啦——他还是连连败下阵来，就连原来输给过他的小伙子也嗫嚅了一句："这回不让着您老啦。"把他打了一个落花流水。

乒乓

问候

老王阖家去拜访一位远亲,一到人家那边,各种问候不绝于耳:您的身子骨儿?您的胆结石?您的血压?您的大儿子二儿子他外婆他舅舅他表姑他四姨他六妹子都好?某某搬了家,某某升了官,某某长了肿瘤,某某双了规,某某入了外国籍,某某成了大款?

老王想了想,只问了一句:"你们家那只猫呢?"

电梯

老王上电梯,发现了一个陌生的青年。

青年先老王下了电梯。

老王问电梯工:"谁?"

电梯工答:"不知道。"

他是谁呢?

你管他是谁呢?

如果他是小偷呢?恐怖分子呢?

如果他不是呢?如果他只是一个客人,某个住户的新成员,或者人寿保险推销员……呢?

有物业,有保安,有电梯工,有110、112、派出所、武警……他们都会负起保卫居民的责任的,老王如果不是吃饱了撑的,何必操心陌生人是谁呢?

然而他还是忍不住想:"他是谁呢?"

同时,他还想:"我为什么要想他是谁呢?我难道不能根本不考虑他是谁吗?我为什么每天要想那么多毫无意义的问题呢?我能控制自己吃什么或者不吃什么,我能控制我去哪里或者不去哪里,我能控制我说什么或者不说什么,难道我就不能控制我想什么不想什么吗?但是,但是,我为什么要管自己想什么或者不想什么呢?"

他觉得自己的脑子乱了,痴了,呆了,病了。他有点惊慌。

这时太太让他到物业管理处缴纳水电煤气保安与清洁费用,他的脑子一下子就清醒了。

体重计

由于医生对老王的体重、血脂、血糖等几项指标提出警告,老王就到百货公司买地秤,好密切关注自己的体重情况。选了一个地秤,一称,比在医院里过秤的时候轻了一公斤半,老王大喜,认为自己的体重并没有医生说得那样重,同时觉得还是此百货公司的体重计可爱。

过了几个月,他去医院量体重,发现自己的体重仍然偏高,所谓减轻了体重云云,完全是由于两个秤的计量不统一造成的。他进而研究,百货公司的体重计显然是为了投其所好才故意把体重显示得少一点。真是太狡猾了,连地秤也学会了弄虚作假。

人们说地秤是可以调的,他调了半天,地秤比原来的显示一下子增高了两公斤。

老王仍然很不开心,他下决心再买一个进口高级电子显示体重地秤。

就在他不断研究改进地秤的过程中,他的体重又增加了数公斤。

眼疾

老王因眼疾做了一个小手术，一连许多天，他戴着眼罩，不能看书报，不能看电视，不能用电脑。

于是他找出了废置多年的半导体收音机，装上四节电池，勉强扶正因损坏已经立不起来的天线，调节着年久失修、难以顺利运转而且不断发出沙沙噪音的可变电容器，听起广播来。中央台，北京台，天津台，河北台，交通台，教育台，英语台，国际台，调频，中波，短波……

他想起了上个世纪四五十年代，那个时候他在"话匣子"里听北京解放的新闻，听孙敬修讲故事，听曹宝禄唱单弦，听宝音德力格唱蒙古长调，听齐越播斯大林的讣告和夏青播"反修"檄文……

后来有了电视，有了电脑，有了音响，很少听"话匣子"了。

眼病可真好，它让我回到了童年。老王温馨地想。

眼疾

眼疾（续篇）

许多年来，老王一直很忙。

甚至退休以后，老王的心劲好像还是绷着。细想起来倒也没有什么要紧事，只是早晨六时半要起床，七时半要早餐，八时半要看报，九时半要接电话。如果没有人给老王打电话，老王就会给旁人叫电话。十时半要上网，要拼命浏览，然后评论说"全都是垃圾"！然后发现病毒，杀毒，查毒，给杀毒软件升级……然后谈论世界与国家大事，谈弱势群体、农民负担、城市交通拥堵、禽流感、伊拉克爆炸、哈马斯精神领袖、钓鱼岛主权、单边主义……然后辩论，献策，然后说"全是空话，废话，说了等于没说的话"。然后散步，然后晚餐，然后看《新闻联播》，然后朋友们孩子们来说是谁谁发了财，谁谁买了房，谁谁双了规，谁谁遗体告别……

现在呢，干脆闭目养神，养伤口，谢绝了一切来访，谢绝了一切需要出门的应酬，乃至谢绝了一切话题。

而且遇到电话来，他会带几分得意地说："噢，对不起，我刚刚做了眼科手术，噢，我现在必须休息啦……"

他终于感到理直气壮了。

眼疾是一种特权，眼疾是上苍安排的休整，眼疾令你闭目思过，闭目养神，闭目养浩然之气。

有点眼病，可真好！

散步

今春天气甚暖,老王下决心要到户外散散步。

偏偏来了一位亲戚,都二十一世纪了,家家都安装了不止一部电话机了,这位亲戚居然不懂得拜访什么人之前先通一个电话。中国啊,离现代化,远了去了。

老王转了半天磨,突然,怒从心头起,恶向胆边生,扯一回谎,便说有约会,先走一步了。

亲戚不为所动,既然老王太太在家,亲戚不觉得老王走会有什么不便。

老王走在室外,却发现是大雾弥天,空气里有一股硫化物的气味,不宜散步,但他又不宜回家了,于是反省自身:说谎者绝对没有好下场。

过街天桥

老王家门口修了一座过街天桥，这下可好了，可以安稳地走天桥，到马路对过的大超市，购买他需要的日用品了。

为了购物，更是为了多活动，老王平均每天走过街天桥1.7次，上上下下，走来走去，一走就走了好几年。

这天走着走着，老王突然想起了一个电影镜头：一个壮年人走过街天桥，转瞬间，画面叠印，从黑发变成了花白头发，从花白头发变成了银发，从多发变成了稀疏头发乃至秃头，从走得快走得健变成了走不动气喘吁吁，从豪气冲天到老态龙钟……

老王把自己的想法告诉了一位年轻的电影导演，电影导演说："王伯伯，您别生气，您的构思太俗太俗，早就老掉了牙了。"

老王点点头，心想：是的，还要加上掉牙的镜头，先是一嘴的整齐的白牙，像牙膏的电视广告似的，后来，慢慢就把牙齿掉光了。

可疑

老王的一位亲戚经过长期的国外生活,叶落归根,回到故乡定居。他很喜欢说的一句话就是"可疑"。

一位老友患脑血栓,好不容易抢救过来了,没有留下太大的后遗症。此公听别人劝说买了一把木头刀,每天早晨起床练刀,说是这样可以劈开血栓。看到年近古稀的大个子练习儿童玩具式的木刀,亲戚说:"我觉得他的智力有些可疑。"

公园清早,一群妇女健身,一个又一个地弯腰从胯下做取物抛扔状,同时大喝一声:"咳!"亲戚说,她们的"智力可疑"。

街头绿地种植了一批灌木,所有的灌木又都修剪成大小圆球状,而盛开的花木分成一畦一畦,如同小白菜般。亲戚说,这种设计者的智力太可疑了。

所有的学龄儿童都上学,所有的学生都在老师提问的时候做出齐唱式的统一回答。亲戚评论说,这种教学方法未免有些可疑。

所有的药店都卖补药,所有的男女老少都需要补钙补锌补金银铜铁锡……补维生素从 A 至 E 补脑补肾补精补血补免疫力,进补的人有一些个是罗锅腰罗圈腿斗鸡眼癞痢头疤瘌眼。亲戚说,怎么这么多可疑的补药啊。

老王渐渐觉得亲戚太可疑了,而且不仅仅是智力。

可疑

静观

老王这天没事,站在公寓楼下,静静地看着。

他看到一辆出租车驶来,停在他们楼口,司机与乘客下来东张西望,然后车开走了。

他看到一个又一个住在本楼的居民拿着新开业的大超市的塑料袋购物归来。

他看到街上一男一女在吵架,两个人都动了肝火,脸变得黄里透青。他做主他们俩是夫妻,他知道夫妻吵架是很痛苦的,他知道外人是不好去劝架的。

他看到一个母亲对自己的小女儿发了火,丢下孩子自行前走,孩子哭得十分可怜。他也知道这里没有他帮忙的余地。

他看到年轻的男女手拉手、肩挨肩走过。

他看到有的人走得急,有的人走得百无聊赖,有的人东张西望,有的人直脖瞪眼,有的人春风得意,有的人一脸晦气。

他奇怪怎么会有那么多车辆,那么多行人,那么多物品,那么多式样的服装。

后来,他回到了自己的家,没有觉得自己看到了什么。

肚脐

说是最近最时髦的服装之一种是女孩子们穿的"露脐装",穿上一件紧身上装,与下装之间露出一带风光,风光的核心景点是肚脐眼儿。

老王在电视屏幕上也看到一些舞蹈表演,女艺术家的肚脐也是露出来的。

老王只记得小时候父母常常在洗澡的时候帮助他或者教导他注意洗净肚脐,从来没有想到过这里有什么好看。

真是赶上了做梦也梦不到的日子!

唉,我们这一代人是多么傻呀,连欣赏肚脐的美丽都不懂。

他入浴的时候看看自己的肚脐,实在没有觉得有什么好看,他的第一个反应仍然是要注意洗净。

大概美女的肚脐是美丽而且特别洁净的吧,而我辈一些糟老头子,不长肚脐也罢。

有一回,他又看电视里的舞蹈表演,忽然发现,一位著名的女舞星,她虽然穿着露脐装,却硬是看不到肚脐。

老王大惊,是不是有的人不长肚脐呢?他产生了疑问。他请教了许多人。许多人认为他不应该问这样的问题,这有失他的身份。也有人告诉他肚脐是人们在母体里、在出生前摄取母体营养的通道,因此不可能不长肚脐的,除非他或她没有被怀上。还有人说估计是那位有身份的舞星不愿让人看到自己的肚脐，也可能她的肚脐受过伤、做过手术之类，故而采取了一些举措，把它遮蔽上了。

但老王一想到一位他喜欢的舞星看不到肚脐，就不由得感到非常难过，至少是不安，乃至于羞愧难当。

蝴蝶兰

两年前,老王在朋友家里看到美丽的蝴蝶兰,很觉羡慕。当得知这原产台湾的花儿是朋友单位的领导春节前来看望时带来赠送的,他更加羡慕了,并且动了一下念头,为什么本单位的领导没有给他送蝴蝶兰来呢?

又过了一天多,达三十个小时左右,即次日晚上,他忽然想到,自己去超市买两盆蝴蝶兰来好了。遇到好东西不肯及时购买,等着领导送,显然是计划经济体制与仅限温饱生活水准时期遗留的不良习惯。现在,不但是市场经济了,而且是相当的小康了,居然用了三十多个小时才想到了自己掏钱买花,真是令人惭愧呀。

惭愧归惭愧,一等就是两年,直到两年后的二〇〇七年,他才跑到超市买了蝴蝶兰与原产韩国的蕙兰各两盆,点缀得寒室生辉。恰好第二天那位家有领导送的蝴蝶兰的朋友前来他家拜年了,朋友赞道:"嗬,你们单位领导也给你送蝴蝶兰来了吗?嗬,还有蕙兰哟!"

老王实在没有勇气说是自己买的,领导没送。他嗫嗫嚅嚅,嘴里含着茄子,默认了。

事后他用七十多个小时反思,为什么没能实话实说,留下了弄虚作假的不体面的记录。他给自己列下了几个答案:

一、怕显得自己在本单位的地位不如朋友在他那个单位的地位高。不论多么小康乃至大康，有人送自然比自家买光彩。

二、显得本单位的领导不如他那个领导工作细致有人情味儿。

三、怕自己显得奢华和屎壳郎戴花——臭美，一个糟老头子，买什么花？

四、鸡毛蒜皮的小事儿，掰扯那么清楚做啥。撑的？

五、其他，如早已养成的说话吞吞吐吐的习惯，由于缺牙漏风造成的口齿不清的自卑感，由于慢性气管炎造成的应答滞后，可能的或显然的老年痴呆症初期，等等。

蝴蝶兰（续篇）

老王家里养了一盆蝴蝶兰，已经三年了，没有施肥，没有剪枝，没有管理，长得茁壮旺盛，年年开花，十分鲜艳。

他的老友老李到他家来，闻听此种情况，赞叹不已，羡慕不已，并埋怨说自己养的花品种不好，照顾不周，无人经心，养一盆死一盆，养一株枯一株，为什么人背兴了花都养不成，唉。

老王的老伴听他说的次数太多了，便建议老王下次去看望老李时干脆把这盆优良品种的蝴蝶兰给老李送去。老王觉得有理，便换了花盆，清洁了枝干，去掉了枯叶，打扮停当，虽是再醮，全如新婚，隆重推出。

老李大惊，千声明万表态，他完全无意养花，而且岂能夺人之美乎？再说他们家也没有地方放花盆。

那你羡慕个什么劲呢？老王心想，但已无退路，只能前进。

老王也说了一车皮话，说明养花有益身心，此盆花十分皮实，虽属旧花，实是经过了考验，他家里花还多着呢，新年在即，养花吉利，而且蝴蝶兰原产台湾，多养蝴蝶兰有助于浓厚两岸情谊……

好不容易才把蝴蝶兰送了出去，老王的心情比新得到了一盆蝴蝶兰还快乐。

第二天,有两位领导给老王送来了三盆蝴蝶兰。

老王对老伴说,瞧,送走两盆,立马来了三盆,真是好人好报呀。

杜小米

老王参加一次中学老同学的聚会，见到当年的大美人、才女、舞蹈明星和业余绘画比赛金奖获得者杜小米。

说实话，虽然岁月无情，剥夺了杜小米的浓密黑发、光洁皮肤、迷人笑容，但仍然保留下她的轮廓的鲜明、才气的横溢、声音的磁性与谈兴的高涨。这次聚会每人交八十块钱吃烤鸭，杜小米正好坐在老王身旁，老王颇觉快乐。

当问到杜小米的生活情况的时候，杜小米打开了话匣子，她向老王"井喷"般地倾诉起来：

她考舞蹈学院没有考上，是由于主考老师有眼无珠。改上了师范学院，碰到了一群混蛋。她参加工作后的第一个科长是白痴。第二个处长是变态。第三个副局长娶了她但是打骂她。第二个丈夫是色情狂。第四个副部长对她打击报复。第三个丈夫是性无能。第五个部长给她穿小鞋。最近与一位男士会面，这个男士打着领带，弄了一个领带夹竟然随着领带飘来荡去。

老王听得很沉重，很投入，很同情，很不平。一个这样美丽的女性，一个这样出色的女性，本来应该幸福、光荣、体面、高尚、快乐、满足地过一辈子。她应该得到爱情，得到提升，得到财富，得到欢呼……命运啊，你瞎了眼！

杜小米

结束聚会，回家以后，老王仍然闷闷不乐。唉，这也叫一辈子，各种坏事坏人都让她碰到了！

只是在睡醒一觉的午夜，老王忽然警觉，是不是自己在上中学期间或者以前以后，做过什么对不起杜小米的事情呢？绝对！进出教室门的时候挤到过她没有？她表演舞蹈的时候是不是有一次没有专心观看？看她画的画的时候认真称赞了没有？更重要的是，有过没有借她的钱而没有及时还的记录？

呵，他肯定也惹她生过气！

时至今日，老王没有想起自己的具体过失来，但是他坚信不疑：他与众人一样，肯定也做过对不起杜小米的事儿。

鱼翅

老王的一个同学A邀老王去赴一个饭局。说的是老王当年另一个不太熟悉的老同学B发了财,成了款爷,要请老同学好好吃一顿鱼翅。

老王觉得没什么意思,便推辞说,自己与那位打算做东的B同学不熟,去了尴尬。但A同学说那位B同学记得老王,强调一定要请到老王。

老王推说自己吃鱼翅过敏。回答是可以给他单独做别的。A同学问,要不您吃龙虾?鲍鱼?燕窝?鹿鞭?

吓得老王赶紧声明,千万不要麻烦,大家吃什么他吃什么就行了。说完就后悔了,这不等于说是自己同意了去吃一个早已忘到九霄云外的所谓同学所谓款爷了吗?多么不好意思!

老王想不出任何人家非要请他不可的逻辑,但得知对方一定要请他吃饭,他不由得有些得意。而A同学说的那些奢华食物,听起来也蛮不错。英语的说法是sounds good。

……吃了牛肉,吃了鲈鱼,吃了河虾,吃了娃娃菜,吃了松花蛋,老王想下面该上鱼翅、龙虾、鲍鱼、燕窝、鹿鞭之类的了吧?

然后下面上来的有梅菜扣肉,有蒜茸空心菜,有京酱肉丝，有乌鱼蛋汤，有蜜汁火腿……菜吃得真不错，就是没有最令他不安的那些特品——燕鲍翅之类。

越好越贵越推辞，推辞完了怎么又惦记上了呢？等了半天没有，直到饭后的果盘都上来了，吃完了，人们拿起牙签剔牙了，老王还在想：果然没有了吗？没有为什么说有，并且以此招揽？可你又为什么死乞白赖地推辞呢？推辞完了又等个啥呢？你不是过敏吗？

游泳

老王喜欢在海上游泳。

很多人问他:"能游多远?"

他回答:"反正一千多米没有问题吧。"朋友们点点头,并没有特别夸奖他。

他乃下决心测试一下自己,游着游着,并没觉得太累,便想,已经这么大年纪了,逞什么能呢?适可而止就行了。于是他转身游回去。这样测试了几次,都是力未尽而知返,他仍然不知道自己到底能游多远。

接下来又有朋友问他:"在海上,你能游多远?"

他回答:"我也不知道,反正已经游了几十年了,游到不能游的时候为止吧。也就是说,等我知道我到底能游多远的时候,我也就不可能告诉你了。"

老友？

老王到超市购物，排队缴费时看到自己前面一位女士的侧影与背影很像中学时期的班长颜小明，遥想当年，老王梦中与颜班长还有一番缱绻风流呢。

老王心跳略感强劲，他叫了一声："小明……"

估计是声音太小了，没有任何反应。何况这家总部设在日本的超市，到了中国开了店以后竟然鼓励各摊位高声吆喝，一片混乱嘈杂，胜过《红灯记》里的破烂市。

他提高了声音，叫道："颜小明……"

背影似乎抖动了一下，急着往前走了。

"颜班长！颜小明班长！"老王大叫起来。

侧影与背影回过了头，老王并不能判断那是不是颜小明，但是他看见了此位老妇的极端厌恶夹带恐惧，并且急于闪避逃离说不定不惜报警的表情。

老王后悔万分，在超市这样的场合大呼小叫，干脆只能算是失态……他对自己进行心理分析，他大叫的目的何在？重温与明明的旧情？屁。进行黄昏罗曼司？天地良心，他老王一辈子对老伴比牛还忠。是穷极无聊，属于老年性躁郁症？那还真得去一次医院啦。莫非他想怀怀旧，安慰安慰自己，一起说说当年曾经多么豪情无限大公无私一心报国纯洁无瑕光荣幸福？

也没有分析出什么东西来。他知道了,不一定要相认老相识,哪怕是最老最好的相识。俱往矣。天地不仁,况老王乎?

担担面

老王一次吃馅饼吃多了些，连续好长时间消化不良。他去了医院，吃了消炎的黄连素、诺氟沙星，助消化的多种酶剂与酵母，怎么也是不好。

他改用热敷和按摩，仍然收效甚微。

他改用辟谷和节食，还听朋友讲这种断食法的时尚名称是肠胃的格式化。

他不吃生冷，不吃水果，细嚼慢咽，自我照顾，配合医疗，无微不至。

仍然不好，他甚至怀疑自己是不是有了更大的麻烦。

这天被几个老友邀去吃重庆火锅，去以前他推辞了多次，又讲了自己的病情多次，讲得可怜兮兮，感动得自己几乎落泪。

一开始，他自居边缘，以胃口全无、舍命陪君子的姿态坐在一角，像受气的小媳妇似的。

后来经不住友人的劝诱，尝了几块子麻辣鸡，那种香、辣、麻的强烈感觉令他如醉如痴……

如此这般，他堂堂一个老人，一生无贪无偷无伤天害理的任何大小劣迹，无不正当男女关系的人，却败在了重庆火锅的花椒辣椒汤下。他豁出去了，他吃的时候甚至想，即使明天告别人间，这顿火锅也不能畏畏缩缩躲躲闪闪了，趁着能张嘴巴的时候不吃,莫非等着喉咙里插上饲管时再吃不成?

在火锅基础上,他甚至又吃了一碗更加麻辣芬芳无边的担担面。呜呼,伟哉!

从此他彻底痊愈。

或曰,老年人的肠胃极易进入疲劳死机状态,这时,越是保守越是好不了,只有恶治才能激活,而重庆火锅的刺激力此时发挥了巨大作用。

或曰,老王的胃病乃是湿寒虚症,正需要这样的恶治,重庆火锅的奇迹不仅是中华料理的奇迹,更是中医理论的胜利。

思维法则

老王和几个老友聚会,大伙争着说自己老了。老王觉得奇怪,这真是一种独特的文化呀,人们怎么那么愿意说自己老呢?

老人 A 说,老伴让他去超市买瓶山西老陈醋,他居然买了一瓶广东老抽——酱油回来。

朋友们说:靠谱,靠谱,又不是买了一瓶敌敌畏。

老人 B 说,星期天本来计划去儿子家,上大巴时上错了,就去了闺女家。

朋友们说,谁让你当年不知道计划生育呢?孩子多是福气,去谁家不一样?

B 说,不一样,欲言又止。看来还有点隐情。

老人 C 是一位小有名气的数学家,他说,他们那幢居民楼的老人,锻炼身体主要靠爬楼梯,楼外散步已经没有地方了,原因是私家车与狗屎太多,占据了所有空地,而且汽油味炒菜味也不利散步。一天 C 走到四层楼梯的拐弯处,碰到楼上十二层一位老汉,两人聊了一会儿奥运会,然后十二楼的老汉忘记了自己是正在从上往下走还是从下往上爬,事关每天的锻炼指标,马虎不得,十二楼老汉很恐慌。

C 说,让我们想一想:如果您是从上往下,我就是从

思维法则

下往上，因为我们是顶头相遇，并不是一个追上另一个。那么，只要我记得清楚是在上还是在下，自然您就是正相反，您就不会迷失，请放心。但是，但是，但是我是在上还是在下呢？您瞧，本来我是很明白的，压根儿我就没有糊涂，叫您一说，我怎么忘了呢？看来遗忘是有暗示性与传染性的。要糟，关键时刻，我硬是忘了。

十二楼的老汉说：且慢，你如何能百分之百地肯定我们是对头相撞，而不是你追上我或者是我追上你呢？万一不是这样呢，那么您即使记得一清二楚，又有什么用呢？

C一听，有点二乎，世界上什么事能说是百分之百呢？相撞乎迎头赶上乎？这可是前提呀，前提一错，推论也就都是错的了。一听前提有问题，他的血就往上涌，也就更糊涂了……

这个问题至今没有解决，成为遗案，十二楼老汉为此住了院。

众老人反映：C的思考与表述方式不老，应该说是极精密极严肃极有逻辑的。果然，C不愧是数学家，大家就是大家，博导就是博导。现在除了文学没有鲁迅式的大师，各方面都充满了大师级的博导，令众友愧死。大师就是老糊涂了也仍然是那么智慧，那么哲学，那么思辨。

手机定则

孩子与友人向老王提出抗议,他有手机而经常不开,耽误事。

老王辩解说,他开一天机也没接过找自己的电话,倒是接过不少错号,而且错了号的打电话者对他很不满,电话明明是1234567890,而对方坚称他或她要的千真万确是0987654321。

要不就是做局的电话,如说他的电话费超支了,需要核对。还有各种推销房地产、化妆品、旅游项目、假发票、小姐服务的短信……有天晚上他忘了关机,半夜铃声大作,问他是不是黑天鹅的士高舞厅。

友人与孩子们则说,某月某日,为ABCD……要事,急于找老王,硬是只有"您呼叫的用户没有开机"的电子化数字化反响。结果,耽误了A治病,B发财,C大剧院演出票,D首长接见提拔,E换房,F上万元一桌的晚宴,G与明星共舞探戈,H炒股,I买彩票,J组团出国,K足球赛……的要事。

总之,细节决定成败,老王涉嫌吝啬的有手机而不打开的丢人记录,影响了他与子女的前途。如果他每天6:30AM—12:00PM一准手机开机,老王一家本来会有更加光辉灿烂的生命现象。

老王总结说，只要一开手机，绝对没有好事好信息，只有错号、垃圾信息、骗局与干扰。而只要一关机，各种好事都来了，来了，但是到不了他手里——耽误了。

从此，他发明了一个名词：手机定则。其公式是：手机获得的有害信息＞有益信息。

一个号称有思想的老友听了老王讲手机定则后指出：你本来就不应该净想"好事儿"嘛，我为什么七十八了耳不聋眼不花血压血糖血脂不高前列腺不肥大呢？就是我一辈子从来没有为个人想过"好事儿"。

后来老王手机开得勤了些，有时候仍然忘了开。手机就像你本人，在生活遭遇中，你无权挑剔，碰见什么您就算什么吧。

这样基本开机一个月后，"坏事儿"来得少了，好信息来得多了。

怎么那么奇怪，手机定则有了新的丰富？或曰第二定则：要开机达一定的时间之后，要有所积累之后，才可能出现良好无误的信息。

听了老王的第二定则后，有思想的老友说："未必是手机定则，说不定是你的感觉定则吧？"

老王惭愧，老友竟是那样有思想，而自己竟是那样缺乏思想啊。

旧体诗

老王的一位极有成就的老友退休十年之后给老王寄来一本他的旧体诗集。老王读后觉得难受，他那么好品质个人，一个好同志，退休以后干什么不好，写什么诗？写诗就写诗吧，还弄什么五言、七言、绝句、律诗、古体？

和尚摸得，我就摸不得吗？老王想起了阿Q的不平。诗人写得，我为什么写不得？那么多人都写了旧体诗，有讲平仄的，有不讲的，有押韵的，有不押韵的，不是可以解放思想的吗？你老王有什么条条框框可以限制别人作诗呢？

老王没有什么道理可讲，只是他读了朋友的诗感觉难以消化，噎得够呛，别别扭扭，向上冒酸水。

他只想告诉朋友，你写诗以前最好先读一遍《唐诗三百首》，读两篇《古文观止》，只要用半个月时间接触一下这些文字，你就会写得好得多。

告诉不告诉朋友呢？告诉？不告诉？他左右为难，比历次运动中发言批判众倒霉蛋还为难。

几个月过去了，老王接到邀请，说是好友的新诗集得到了好评，要为此举行研讨会，会后有晚餐招待，参加研讨的人还会得到不菲的车马费。

一番较劲之后，老王终于参加了好友诗集的研讨会并且用了有多宝鱼和牛仔骨的晚饭。

后来他想，一个卓有成就与名声的人，退休以后，没有去给领导与子女添麻烦，没有胡说八道，没有牢骚满腹，没有麻将连天，更没有耽于吃喝烟酒，而是辛辛苦苦地写诗，歌颂大好河山，感念先贤烈士，赞美伟大时代，祝福吾国吾民，这难道还不够好吗？至于诗是否通顺，他管得着吗？

提问

有一天老王与一些老同学聚会。同学老田的儿子最近升了大官,大家要求老田说说儿子的故事。

老田说:"那年我们在青海的时候……"

老赵连忙问:"什么?你不是说去过西藏吗?怎么又改成青海了?"

老田说:"我先是到过西藏,后来……"

老刘便问:"那么那究竟是哪一年呢?你去西藏与青海是同一年还是不同的年份呢?"

老李便说:"别打岔好不好?说一件事,说完了再说别的好不好?为什么我们老了老了这么爱着急啊?你让人家老田先说完嘛!"

老周便说:"算了算了,又不是开政务会议,谁愿意说什么就说什么,谁愿意问什么就问什么不结了?打岔就打岔不结了?说不全就不全不结了?又没有人规定中心议题!"

老刘便反击老李:"你急什么呀?你是不是急于汲取经验,好把你儿子也培养成局级干部?"

老赵便说:"级不级虽然重要,款不款其实更重要,你看看网上,现在有多少人富成什么样儿啦?"

于是哈哈大笑。

他们的聚会非常成功,交谈甚欢,其实最后什么也没有谈。

此时无谈胜有谈。